gi(a)rlish number

Story by Wataru Watari
Based on Character Design &
Color Illustration by QP:flapper
White & Black Illustration by Yamcha

1

小説 ガーリッシュナンバー

渡航　キャラクター原案・カラーイラスト QP:flapper　モノクロイラスト やむ茶

#1
gi(a)rlish number
Chapter One
烏丸千歳とおかしな業界

わたしが言うのもなんだが、この業界はおかしいと思う。

☆　☆　☆

駅の時計《とけい》がもう間もなく十五時を指そうかというなんとも気だるげな昼下がり。

この時間帯のメトロには様々な人が乗り込んでいる。

例えば、今時感バリバリ赤文字系ファッションの女子大生やウェイウェイ言ってるはっちゃけ学生たち。あるいはスーツに身を包んだ疲れたお顔のおじさま方。もしくはどこぞの私立小学校だか私立中学だかの制服をきちっと着たおぼっちゃまお嬢《じょう》ちゃま。果ては伊勢丹《いせたん》やら高島屋《たかしまや》やらの紙袋を提げたマダムたち。

けれど、わたしはそのいずれにも属していない。

いやいや正確《せいかく》に言えば、わたしは大学生だから、属してはいるのだけれど。なんなら今をときめくときめきメモリアルな女子大生なわけだけれど。

ただ、そうした年齢《ねんれい》やコミュニティの枠組みとは別の枠組みに属しているのもまた事実。

それがいわゆるところの〝この業界〟というやつである。

かれこれ二十年近く生きてきて、高校もちゃんと卒業し、もう子供と呼ぶにはいささかの抵抗があるお年頃《としごろ》になると、なんとなくそれとなく社会のからくりと言うか世界の成り立ちといったものが見えてきてしまい、今自分が属している業界がどうにも世間一般とは少々ずれたところに存在しているのだとわかるようになってきた。

端的に言ってしまえば。

やっぱり、この業界は。

声優《せいゆう》業界はおかしい。

まずもってこの業界の狭さ。

一説によると、声優を志す人の数は三十万人を超えるらしいのだとか。

やばい、三十万とか多すぎる。ひと月ごとに一人《ひとり》から一円ずつ貰《もら》ったらそれだけでそこいらの社畜より稼《かせ》げてしまう。むしろ、社畜の月収低すぎまである。

まぁ、社畜のことはどうでもいいや。

インターネッツで見聞きしたとある関係者のお話によれば、声優として生活できているのは三百人くらいらしいのだとか。

無論《むろん》、入れ替わり立ち替わりがあるし、「生活できる」の定義がにんともかんとも曖昧《あいまい》なので、正確に数えたわけではなく、その関係者さんの感覚値というか体感的な数字でおおよそ三百人程度ということなんだろうけれど。

つまるところ、世間的に、職業《しょくぎょう》としての声優さんとして認められるのはその三百人、ということになるらしい。

そんな噂話《うわさばなし》程度に小耳にはさんで、スマホをフリフリおめめに入れた情報はどれもこれも、らしいらしいと語尾につく伝聞や推測、あるいは出鱈目《でたらめ》ばっかりで、わたしも口にするのはなんだか心許《こころもと》ない、……らしい。

なにより心許ないのはわたしがその三百人に入っているかどうか怪しい点。

ほんと心許ない……。

烏丸千歳《からすまちとせ》という声優がいることをいったいどれだけの人間が知っているだろうか。

ほとほと心許ない……。

せいぜいがところ、家族と事務所の人くらいしか知らないんじゃないだろうか。

となれば、わたしが世間的に声優と呼ばれるポジションにいるかは実際かなり怪しい。

ていうか、知られていないんなら、それって存在しないのと同じことじゃないの？　観測《かんそく》するという行為によって実在がうんたらーみたいなシュレディンガーのなんたらーによると、知られてない声優なんていないも同然。無名声優は声優じゃないまである。

……やばい、わたし、声優じゃないかも。ていうか、これ、わたし、声優じゃないわ。

わたし自身、今、職質にあって「お姉《ねえ》さん、仕事なにやってるの？」と聞かれたらたぶん「大学生です！」と可愛《かわい》らしく答えるだろう。そりゃもうとびきりに可愛らしく。

自分で自分のことを声優だと言いきれないのだから、世間様がわたしを声優と呼ぶはずもない。

いやいや一応、今現在、声優としての仕事がないわけではないのだけれど。

その証拠と言わんばかりに、がたごとと微妙な振動を繰《く》り返《かえ》すメトロの中で、おもむろにスケジュール帳を取り出した。

……真っ白だった。

どんな洗剤使ってんのってくらいに白いし、それ柔軟剤入ってんじゃないのってくらいにふわふわした予定ばっかりだ。なんなの、このキープってやつ。仕事あるのないのどっちなの。

とはいえ、それこそ洗剤のCMで拡大イメージ図部分にほんのわずか汚れや雑菌を残してあるように、わたしのスケジュール帳にもぽちぽちとお仕事の予定めいたものがしみったれたインクで書き込まれている。

……だから、まぁ、ギリ声優と言えなくもなくないくらいの感じ?

しかしぎりぎり声優を名乗れたとしても、週一回とか週二回とかアニメの収録《しゅうろく》現場に呼ばれる程度ではとてもじゃないが暮らしてはいけない。

今は大学生ということもあって親の脛《すね》を齧《かじ》って骨をしゃぶり、血を啜《すす》っているから平気だけど、さすがに卒業したらそうも言っていられない。

社会人になっても相変わらずこんな仕事量だとしたらそれはもう声優ではなく、フリーターと呼んだ方が近いだろう。むしろ、自称声優とかフリーター未満まである。

だって、今の収入だと、普通にバイトしてる方が稼げちゃうし……。

正直なところ、毎週末に日払いのバイトをした方が収入は上だ。……え？　……わたしの月収、低すぎ？

両親もよくもまぁわたしが声優を目指すことを止めなかったものだ。

こんなおかしな業界なのに……。

☆　☆　☆

俺《おれ》が言うのもなんだが、この業界はおかしいと思う。

毎日がフェスティバルというか、毎日がカーニバルというか、毎日がデスマーチというか。横文字にしておけば語感が柔らかくなると思ったら大間違いだぞ。実際、日本語で言ったら阿鼻叫喚《あびきょうかん》の地獄絵図とかそんな形容が似合う。

エンターテイメント業界は、興味がある者にとっては華やかで楽しい世界に見えるだろう。

特に、アニメ制作におけるアフレコ現場なんてものはその最たるもの、アニメの花形とも言えるのではないだろうか。

実際、アフレコ現場は賑《にぎ》やかなものだ。今日《きょう》もその素敵《すてき》なカーニバルが開かれている。

ロビーの隅っこでは、アニメスタジオのラインプロデューサーが死んだ目をかっぴらいて、神経質そうに貧乏ゆすりをしながらずっと電話でやりとりをしていた。

ミキサールームのソファでは、メディアミックスのおかげで仕事が激増《げきぞう》したのか、カフェイン錠剤《じょうざい》を口に突っ込んだまま、原作者が白目を剥《む》いて倒れている。

その脇《わき》ではメーカーのアシスタントプロデューサーがパソコンでずっとなにかを作業しては頭を抱え、涙声でどこぞへ電話をしては辛《つら》そうな顔でお腹《なか》をさすっていた。

そこから目を逸《そ》らすと、缶コーヒーと栄養《えいよう》ドリンクの山が築《きず》かれているのが見えた。その山のふもとでは、目の下をデーゲームのデストラーデみたいにしているミキサーが、冬眠明けの熊《くま》のようにおぼろげな足取りでうろうろしている。

花形ですら、この有様。

出演声優たちが一堂に会する華やかなイメージのある収録現場も、アフレコ開始前、一皮剥けば戦場だ。

俺のような一介のマネージャーが目にすることのできるアフレコ現場でさえこの惨状なら、俺が見ることのない制作現場は一体どうなっているのだろうか……。

視聴者には見えないところで、今日も屍《しかばね》の山が築かれ、関係者の悲鳴が響《ひび》いている。

なんとも賑やかな業界だ……。

時刻はもうじき十五時。

前の現場が終わるのが早かったため、少し早く来過ぎてしまった。

奥のオフィスに一言挨拶《あいさつ》をしたら、どこかで昼飯を食べて出直して来ようとスタジオ内を歩いていると、顔見知りの製作プロデューサー、畑中《はたなか》さんの姿を見かけた。

畑中さんはアフレコブースのドアに貼《は》られた香盤《こうばん》表《ひょう》をしげしげと眺めている。

「おはようございます」

「あー、烏丸さん、お疲れっす」

言いながらも畑中Pの意識《いしき》は香盤表の方へと向いていた。つられて俺も香盤表を見ながら問いかける。

「どうかしました？」

「いや、見慣れない名前があったからさー、誰かなーとちょっと思って……」

言って、畑中Pはとんとんと香盤表の下の方を指さした。

そこに記されているのは、モブで呼ばれている子たち。

どちらも我が社、ナンバーワンプロデュース預かりの声優だった。

久我山八重《くがやまやえ》と、……烏丸千歳だ。

千歳はこの作品に番組レギュラー、という名のなんでもやる便利モブ役で毎週呼んでもらっているから、今、見慣れない名前と言って畑中さんが指しているのは久我山の方だろう。

「ああ、うちの新人、久我山ですね。今日からお世話になります。この子、結構伸びしろあると思うんで、ご縁《えん》あったらぜひぜひ」

「おー、御社《おんしゃ》期待の若手ってことねー」

「そうなんですよー」

なははーと軽いノリに合わせて笑いながら答えると、畑中さんが急に遠い目をしだした。

「……いいよねー、新人さん。スケジュール取れるし、稼働《かどう》も多いし」

畑中さんの声には疲労が滲《にじ》んでいる。

……まぁ、今畑中さんが担当している作品は主役の子がアーティスト活動もバリバリやってる旬《しゅん》の人気声優だからなぁ。おそらく、そこの事務所とのスケジュールの折衝《せっしょう》に苦労しているのだろう。

ことスケジュールやギャランティ、イベント稼働の可否やNG関係に関して、事務所は強気に出ることもままある。

いくら製作委員会がクライアントとはいえ、事務所は役者のマネジメントを請け負った契約関係にある。転じて、役者本人の代理人としての側面もあるので、そのあたりはシビアだ。きっちり休息もとらせたいし、役者がやりたくないことを無理矢理《むりやり》やらせるわけにもいかない。

時には製作プロデューサーや宣伝プロデューサーと真っ向から対立することもある。

今や、キャストの宣伝稼働が当たり前になっている昨今、この辺りのパワーバランスは非常に拮抗《きっこう》していて、人気声優を擁するやり手マネージャーともなると、製作プロデューサーの方が下手に出ることもさして珍しくはない。

とはいえ、事務所に仕事があるのは製作陣のおかげでもあるので、基本は持ちつ持たれつ仲良くやっている。いや、ほんといつもお世話になっております！

しかし、どうにも、今回の畑中さんの作品はそのあたりうまく回っていなそうだ。

心なしかこないだ会ったときよりも一回りほど体が大きくなっている気がする。ストレスかな？　ストレスだろうなぁ……。

いや、わかる、わかるなぁ……。

マネージャーとかプロデューサーっていうのはいろんなとことの板挟みになって、どこからも全方位で文句言われるのが仕事みたいなとこあるからね、仕方ないね。

ほんのり同情しつつ、畑中さんを元気づけるように、自分の胸をとんと叩《たた》いてみせた。

「もしイベントあったらうちにも御声がけください。うち、ガンガンやりますよ」

「そう言ってもらえると助かるなぁ。新人の子も積《せっ》極的《きょくてき》に使っていきたいんだよねぇ」

畑中さんがほっとしたように柔和な表情を見せた。プロデューサーによって考え方は違うが、キャスティングにフレッシュさを求める人は結構いる。業界に新しい風を吹き込みたいという考えもあるのだろう。もしくは「あ〜、〇〇たそはワシが育てたんじゃ〜」と言いたいのかも。嫌だな、そんなプロデューサー……。

ともあれ、自分が担当した作品をきっかけに大きく羽ばたいてくれる人がいると、なかなか嬉《うれ》しいものらしい。

気持ちはわかる。俺たちマネージャーもだいたいそんな感じだ。

一方で、「とにかく旬な人気キャストをぶっ込んでくんや！」という考えの人もいないではないが、人気は水物だ。いつ誰《だれ》がブレイクするかはわからない。

そのため、モブをやる若手の動向をチェックしたり、事務所マネージャーが最近どんな子を推しているか情報収集し、数年先の業界を見据えているプロデューサーも多い。

実際、アニメは企画立ち上げから放送までに数年かかることも珍しくはないので、アフレコ現場でも再来年以降の企画についてこそこそ密談《みつだん》している姿も見受けられる。

すげぇなアニメ関係者。イっちゃってるよ。あいつら未来に生きてんな。

こうした時間の流れというか未来に対する感覚もちょっとおかしいのがこの業界だ。

「烏丸さん、他にいい若手いたら教えてよね」

「はい。ぜひぜひ」

なにがぜひなのかさっぱりわからないが、会社員らしく、そう答えておいた。ぜひぜひってゾナハ病かっつーの。

「よろしくねー」

そう言って、畑中さんはミキサールームの方へと去っていく。にこにこ笑顔《えがお》でそれを見送ってから、香盤表をきっと睨《にら》み付《つ》ける。

視線《しせん》の先にあるのは烏丸千歳の四文字だ。

あいつが声優になれてしまう。これもこの業界のおかしなところの一つだ。

☆　☆　☆

くしっと小さなくしゃみが出た。

すんすんと鼻を鳴らして周囲を窺《うかが》うが、メトロに乗り合わせたお客たちは他の乗客に興味などないのか、誰もわたしの方を見たりはしていない。

……まぁ、現場だろうが大学だろうが、誰もわたしを見たりはしていないのだけれど。

大学からアフレコスタジオまでは地下鉄で数駅。

移動中の電車の中で、わたしはいつものようにバッグからイヤホンを引っ張り出すと、曲がりくねったコードを直し直しながら、ジャックを突っ込んだ。

ぽちぽちシャッシャと、検索ワードを打ち込んで、今季アニメ『異世界剣士の救世譚〈ヒロイックテイル〉』のページを立ち上げる。そこからさらにリンクに飛んで、WEBラジオ『異世界剣士の救世談〈ヒロイックレディオ〉』のページをクリック。ええい、タイトルが長い。あと作品タイトルをもじったラジオタイトルは名付けた奴《やつ》のドヤ顔がちらついてちょっとイラッとする。

「異世界剣士のヒロイックレディオ〜。わー、ぱちぱち〜」

イヤホンから聞こえるのは、事務所の先輩《せんぱい》、かおたんさんの声。

まぁ、先輩と言っても、別に交流があるわけじゃない。ただわたしより早く事務所にいるというだけで、顔を合わせても挨拶こそすれなにか会話をするわけでなし。ついでに言うと、わたしは特にかおたんさんのファンというわけでもない。

それでも、このWEBラジオを聞くのにはいくつか理由がある。

今、このアニメタイトルにわたしも出演しているのもその理由の一つだ。とはいえ、かおたんさんがわたしを認識しているかは、また、別の、お話……。

かおたんさんがオープニングトークで「先週起こった面白《おもしろ》いこと」みたいなどう考えても面白くなさそうな超どうでもいいことをぺらぺらしゃべると、もう一人のパーソナリティである苑生《そのう》百花《ももか》が「えーほんとですかーやばーい」みたいなこれまた適当な

相槌《あいづち》を打つ。

はぁ、この適当な感じ……、癒《いや》されるなぁ……。聞いても聞かなくてもどっちでもよさそうなものって妙な安心感がある。来週から聞かなくてもいいな……と思える心の余裕を感じる。日常系アニメとかいうのが持《も》て囃《はや》されるのもわかるな。あの手の作品も、観《み》ても観なくてもいい楽さというかユルさがウケる要因の一つなんじゃなかろうか。ていうか、それ系が人気出るとか現代人ちょっと疲れ過ぎじゃない？

勿論《もちろん》、癒しだけじゃない。このラジオ番組には励まされている感じもある。『ひえーこいつらこんな適当なこと喋《しゃべ》ってて金貰えるのん？　おいおいこれわたしも行けんじゃね？　勝ったな！　ガハハ！』みたいな勘違いが生まれる。いや、ほんとマジで勘違いなんだろうけど……。

実際、いきなりラジオめいたことをやってみろと言われてまともに話せる人はそうそういないだろう。残念ながら養成所でもラジオで爆笑《ばくしょう》を取れるトークなんてものは教わらなかった。なんならラジオのラの字も出なかった……。

そんなわけで、日々なんとなーく声優さんのラジオを聞き、いつか訪れるかもしれないその日に向けてお勉強している。それが、わたしがこのラジオを聞いている理由のもう一つ。

大学の行き帰り、電車の中ではいつもこうだ。適当なアニメ系のWEBラジオを聞いている。

「今週もお便りいただいてますよ～」

パーソナリティの一人、苑生百花の進行の下、ラジオはゆるゆると進み、普通のお便り、いわゆる『ふつおた』のコーナーに差し掛かっていた。なにが今週だ。お前ら今回のは二本録《ど》りの二本目だろいい加減にしろ。

苑生百花が『ふつおた』のうち、一通を読み始める。

「いつも楽しく聞かせていただいてます。突然ですがお二人《ふたり》に質問です。ぼくの将来の夢は声優になることなのですが、お二人が声優になろうと思ったきっかけはなんですかー？　教えていただけたら嬉しいです。ではではお体にお気を付けてこれからも頑張ってくださぃ～。……だって」

「きっかけかぁ。私はね～」

なっがいメールの後にかおたんさんがドヤりながらなにか語り始めた。

それを聞き流して、わたしならどんなことを話すだろうかと、ふと考えた。

わたしが声優を志したのは、二年とちょっと前のこと。

受験やらなんやらをそろそろ考えなくてはならなくなった高校二年生のときだ。

当時、母に相談した会話は昨日《きのう》のことのように思い出せる。

確《たし》か進路希望調査票《ちょうさひょう》？　だったかなんだかを出す必要があったか、それとも文理選択《せんたく》の希望表？　いや、アンケートか？　まぁ、なんでもいいや。なんかそんな感じの紙を出す必要があったとかなかったとか。わたし、記憶《きおく》曖昧過ぎだろ。

それで、母と、そのとき居合わせた兄の悟浄《ごじょう》君に相談したのだったと思う。えっと、そのとき、父は仕事でいなかったんだったかな、どうだったかな……。よく覚えてないな。まぁ、父にはあんまり興味《きょうみ》ないからなぁ……。

ともあれ、アニラジ内で交わされている「夢」とか「将来」とかってキラキラした会話を聞いていると、わたし自身、声優になると宣言したときのことが思い出される。

×　×　×

「声優ねぇ……」

夕食時に、将来について話すと、母は頬《ほお》に手を当てて軽く首を傾《かし》げた。

「お兄《にい》ちゃんのときも特に反対しなかったけど……」

母が、ちらとはす向かいの席に座る悟浄君に視線を向ける。

「どうなの、悟浄」

悟浄君はテーブルに頬杖《ほおづえ》ついてパスタをくるくると巻き、それをひょいと口に運ぶ。しばしもぐもぐしていたが、はっと小ばかにしたように鼻で笑うとフォークをわたしに向けてふりふりやった。

「まあ、千歳が食ってける仕事じゃないな。安定には程遠い業界だし。若いうちはなんとかなっても将来はきついんじゃねぇの」

……あーはん、なるほど。言いたいことはだいたいわかった。

「でもほら、悟浄君がマネージャーやってるんだし、わたしもうまいことねじ込んで仕事バリバリ取ればいいよ」

「そうねぇ。もし、千歳が悟浄のいる事務所に入れるなら私もお父《とう》さんも安心ね」

ほほうとばかりに母がうんうん頷《うなず》き、お茶をずずっと啜《すす》る。しかし、悟浄君はとんとんとテーブルを指で叩《たた》くと大仰《おおぎょう》に首を振った。

「いやいやそんなうまく行くわけないだろ。そんなことできたらうちの会社はもっと儲《もう》かってる。だいたい千歳が声優になれるかもわかんないのに無理に決まってんじゃん」

「でも、悟浄君でもなれたんだし」

「…………」

わたしが言うと、悟浄君がうぐっと声を詰まらせた。口うるさい悟浄君が黙《だま》ったこの瞬間《しゅんかん》がチャンス！　ここで一気に畳《たた》みかけるべき！

「最近はアイドル声優って言うか、そういう需要もあるんでしょ？　ほら、わたし結構そこそこ可愛かったりするじゃん。いけるいける！」

ぴんと立てた人差し指を頬にぷにっと当てる。さらに首を傾けて、えへへーとにっこり微笑《ほほえ》んでみせた。

「…………」

悟浄君が絶句していた。

そして、深々とため息を吐《つ》くと、頭をガシガシ掻《か》いてわたしにするどい視線を向ける。なにこの人、目つき悪い。

「……お前、バカだろ」

かちん、と来た。

「……はー？　悟浄君に言われたくないんですけど。わたしの高校、悟浄君の行ってたとこより偏差値上なんですけど」

「…………」

またしても悟浄君が黙った。

悟浄君は本当のことや気にしていること、言いづらいことをずばり言われてしまうとフリーズする癖《くせ》がある。このあたり、なかなか要領の悪い兄だと思う。

なので、今しがたのわたしの発言は悟浄君的には結構痛いところを突かれたということらしい。……よし、追撃《ついげき》だ！

「わたし、悟浄君が落ちた大学、既にB判とってるんですけど。やーいマーチマーチ」

「殺すぞこのガキ……」

悟浄君の手がぷるぷる震《ふる》え、口元はひくひく引《ひ》き攣《つ》っている。今にもこちらの頭を叩いてきそうだ。

お、なんだこいつ、やんのかー。このっこのっ！とばかりにシュシュッと猫パンチでシャドーボクシングしてみせる。

「二人ともやめなさい」

母がうんざりした表情で言う。母はさすがわたしの母だけあって、キレそうなときが非常にわかりやすい。めんどくせーみたいな顔をし始めたら、マジでキレ出す五秒前。

そのことは悟浄君もわかっているので、ふいっとわたしから視線を外して、一旦《いったん》会話を打ち切った。

そして、ついっとテーブル上の灰皿を引き寄せると、胸ポッケから煙草《タバコ》を取り出し、フィルターをとんとん叩き始める。そういう仕草《しぐさ》、おじさんくさいからやめてほしい。

「……千歳、お前考え甘過ぎ」

ぷかっと煙を吐くと、そっぽを向いたままの悟浄君が言った。

「売れる声優は本当に一握りだし、はっきり言って夢のある職業じゃない。仮に声優になれても、将来食ってけねぇぞ」

「はぁ、将来ねぇ……。でも、それは大丈夫なんじゃない？」

言いながら、にっこり笑顔で正面に座る母の顔を見つめる。ついでに親指と人差し指で輪《わ》っかを作ってみせた。

それはいわゆるOKサイン。あるいは変化球・チェンジアップの握り。

……もしくは¥マーク。

将来の問題とはつまるところ、お金の不安だ。だが、その点に関しては心配していない。

わたしもアホではない。むしろ、賢《かしこ》い可愛い。

なので、声優になると言い出す前に下調《したしら》べはちゃんとしているのだ。

インターネッツによる情報収集の他《ほか》、酔って帰ってきた悟浄君の介抱をするふりしてあれこれ聞き出して調べた。

ソース元である酔っぱらった悟浄君の話によると、どういうわけか、声優さん、特に女性声優さんは実家がそれなりに裕福だったりすることが結構あるらしいのだそうだ。

例えば、親御《おやご》さんが有名企業にお勤めだったり、はたまたとある企業の創業者のご令嬢だったり、さる大御所女性声優のご息女であらせられたり。

案外、などと言ってしまってはアレだが、なかなかにセレブな業界らしいのだ。

まぁ、考えてみれば遥《はる》か昔の文豪だって生家は貴族院議員《ぎいん》だ大地主だみたいな高等遊民がごろごろいたわけで、子供を娯楽道楽芸能音楽の道に進ませるにはなにはともあれ「懐の広さ《ふところ》」というのが必要なのだろう。

その点、我が家はと言えば、どちらもそこそこの企業に勤める父母のダブルインカムによってなんとか懐具合をあっためている感じである。ちなみに悟浄君は普通に薄給《はっきゅう》なので全然あてにしてない。

その薄給社畜がわたしをぎろっと睨み付けてくる。

「……千歳、言っとくけど親をあてにすんのはなしだぞ」

ぐぬぬ、薄給のくせに生意気な……。しかし、親の財布をあてにしていたのは本当のことなので、否定の言葉が出てこなかった。わたしもたいがい正直者です……。

「……じゃあ、偉い人と結婚すればいいし」

考えた末に出てきたのはそんな言葉だった。すると、悟浄君が深々と項垂《うなだ》れた。

「バカだ、こいつほんとバカだ」

「だってほら、原作者とかいるんでしょ！　ジャンプ！　ジャンプ！」

ばんばんテーブルを叩いてアピールしてみる。

「駄目よ、漫画家なんて」

それまで特に否定的なことを口にしなかった母が険しい顔をしていた。

マジトーンな母に軽くビビりながら、恐る恐る母の瞳《ひとみ》を上目遣いにちらちら覗《のぞ》いてみる。

母はやけにきりっとした、意志のこもりまくった強い眼差《まなざ》しをわたしに向けてくる。

「結婚するならもっと安定している編集者《へんしゅうしゃ》にしなさい。年収一千万。もし、うまく出世すれば生涯賃金五億《ごおく》よ」

「それだ！」

思わず母をびしっと指さしてしまう。さすがマイマザー！　母は偉大だった！

「それじゃねぇよ……」

悟浄君ががくりと肩を落とし、こめかみのあたりを強く揉《も》む。

「金が欲しいなら別の道考えろ。趣味《しゅみ》として養成所通いたいなら止めねぇけど」

首だけを軽く曲げて悟浄君がわたしを見た。その言い方がどことなく見下している気がする……。おかげでちょっとむっとしてしまい、わたしは悟浄君を真っ向から見据えた。

「趣味とかじゃなくて、ちゃんと仕事としてやりたいの」

「ほーん？」

わたしにしては、それなりに真剣な調子で言った言葉だったと思う。けれど、悟浄君は気の抜けた返事をする。

だというのに。

わたしを見る悟浄君の目はびっくりするくらい真剣だった。刃物を研ぐような、石を削り込むような冷たい眼差し。

きっと、職人や仕事人だけが見せる視線だ。

その眼光に気圧《けお》されて、わたしは言葉に詰まってしまった。

やばい。

言おうと思って考えてたこと全部吹っ飛んだ。なんでこの人こんなマジな目してるんだろう。

悟浄君はわたしの答えを待つように、けっして視線を逸らさない。

　それがわたしを試しているようですっごくムカついた。

　わたしは萎《な》えかけた気力を総動員して悟浄君を睨み返す。

　そして。

　わたしらしく、可愛らしく、小憎らしく。

「……だって、わたし、つまんないことなんてしたくないし」

　とびきりの笑顔で言ってやった。

　その答えに、悟浄君はぱちくりと何度か瞬《しばた》いた。はぁと深いため息を吐くと、またしても上着の胸ポッケをガサゴソやる。そして、頭痛薬の箱を取り出すとぷちっと一粒押し出して、それをお茶で流し込んだ。

「ほんとにバカだな、こいつ……」

　ため息ごと吐き捨てるように悟浄君が言う。

　さすがにそう何度も言われると、心が広く滅多《めった》なことでは怒ったりムカついたりしない天使なわたしでも少々カチンと来てしまう。殺すぞバカ悟浄。

「なに、さっきからバカバカって……。じゃあ、悟浄君だってバカじゃん。その業界にいるんだから」

「それは……」

　蝶《ちょう》のように舞《ま》い、蜂《はち》のように刺す千歳スタイルは見事悟浄君の痛いところを突いたらしい。悟浄君は苦虫を噛《か》み潰《つぶ》したような表情でうぐっと言葉に詰まった。……ふっ、勝ったな。

　わたしが悟浄君をやり込めると、事の成り行きを見守っていた母が湯呑《ゆの》みにお茶のお代わりを注《つ》ぎながら口を開いた。

「まぁ、やってみたらいいんじゃない？」

「ほんと!?　いいの!?」

　母に飛びつかんばかりにテーブルに身を乗り出すと、母は涼しい顔してお茶をずずっと啜る。

「ええ。お兄ちゃんのときも本人が自分で決めたことだから応援したわけだし。千歳だけ反対するわけにもねぇ。千歳が納得いくまでやったらいいわ」

「…………」

　母が悟浄君をちらと見て言うと、悟浄君は不機嫌《ふきげん》そうにふいと顔を逸らす。ふひひ、言われてやんの。

まぁ、これも下の子特権《とっけん》というやつかもしれない。兄妹だと、親は兄を見ていろいろ諦《あきら》めてくれるし、妹は兄の失敗を見て効率的な親の運用を考えるものです。

「ただし、大学にはちゃんと行くこと。それならお父さんも文句言わないでしょう」

勝利の喜びに打ち震えるわたしを見て、母が釘《くぎ》を刺すように言った。

「わかった！　どっちも頑張る！」

元気はつらつにそう答えて、わたしは立ち上がり、母の背中に回り込むと、とんたんとんたんたん肩を叩いて差し上げたのだった。

×　×　×

そんなこんなで母と兄の理解を得て、わたしは声優への道を歩み始めた。

父？　父は……まぁ、たぶん母がなんかうまく言いくるめたはず。

そうして養成所へと通い、基礎科《きそか》本科とさくさく進んで、無事養成所を卒所したわたしはとんとん拍子で今の事務所、ナンバーワンプロデュースの預かりとなった。

そう。そのとき、その瞬間までは順調だったのだ。

こりゃ楽勝ですな！　ガハハ！　とか思ってもいたのだ。

しかし、現実は甘くない。

わたしの思い描いていた「来た！　見た！　勝った！」レベルの順調さとは程遠く、ろくろくオーディションも通らず、たまーにモブで現場に行くくらいの完全な足踏み状態だ。

おっかしーなぁ……。わたしも苑生百花みたいに若くしてバリバリ活躍《かつやく》するもんだと思ってたんだけどなぁ……。苑生百花、まだ高校生だっていうし。最近は若い声優さんも珍しいもんでもなくなったしなぁ。それに引き換え、わたしは……。

などと、考えながら吊革《つりかわ》につかまってゆらゆら揺れていると、ため息がこぼれ出た。

イヤホンの向こうからは能天気そうな話し声が聞こえてくる。

「わたしらほんと芸人だよね？」

「えー、それかおたんさんだけじゃん」

「えー。あたしー⁉」

「……はい。というわけで、そんな感じでいつもアフレコしてますよーって感じです」

「ウフフ」

聞き流していたラジオではいつのまにやらそんな会話が繰り広げられていた。こぼれ聞いた断片的な記憶を繋ぎ合わせてみるに、アフレコはどんな感じでやっていますか印象的な出来事を教えてくださいてきなまぁよくある質問にお答えしていたらしい。

昔の思い出にふけっていたために、聞き逃していたとはいえ、わざわざ聞き直す気はしなかった。

別に、つまらないから、というわけではない。

面白いかどうかと聞かれれば、……まぁ、面白いは面白い。

ぶっちゃけ話してる内容はゴミ以下、女子高生のお喋りと変わらないレベルでめっちゃどうでもいいし、リスナーからの恋愛相談メールとか反吐《へど》が出そうなくらいにつまらないし、その手のメールはただ声優さんに読んでもらいたいからってだけで百%ねつ造だと思ってる。

ぶっちゃけ言うと超つまんないんだけど。

そういうつまらない部分を除けば、最高に面白い。

「わたしたち、ほんと仲良しでー」

それまで会話を回してたかおたんさんが、リスナーからのメールに応《こた》えてそんな話を始めると、それにふんふん頷いていた苑生百花が一瞬の間を伴って言葉を返す。

「……。だよね〜」

「現場もほんと楽しい雰囲気で、プライベートもね？　ご飯とか行くし」

「あ、いくいく〜。収録後とかたまにみんなで行くし」

「そうそう！」

なんの変哲もない、どこのアニラジでも絶対と言っていいほど交わされる、完全台本めいたやりとり、予定調和の安定行動。

これが最高に面白い。

その収録現場にいる身からすると、楽しくてしょうがない。

収録現場では爪《つめ》がスマホを叩く音だけがし、交わされる会話なんて「さっきセブンで買ったロイヤルミルクティーが美味《おい》しかった」とかその程度。

とある有名出版社の政治案件で無理くりねじ込まれたクソラノベ原作のせいか、キャスト陣が作品の話をすることすらない。

そんな状態を楽しい雰囲気と言えるのが面白い。声優になって良かったと思える瞬間の一つだ。

あと、最高に傑作で面白いことがもう一つ。

その現場にモブで呼ばれているわたしは「みんな」に含まれてもいなければ、収録後のご飯に声を掛けられることもなく、それどころかメイン出演陣からは終始存在しないものとして扱われているところ。

ウケる。いや、ウケないけど。いやいや、マジでウケてる場合じゃないんだけど！

別に現場で会話がないわけじゃないし、楽しくないわけでもない。仕事に支障が出るような悪い雰囲気なわけでもない。

代わり映えしない、どの現場でもだいたい会う人たち同士だから、仲良くしているんだろうな、表面的には。

まぁ、わたしみたいなクソモブに声を掛けてくる人はいないけど。

大勢でいるときの上っ面の会話や、隣《とな》り合《あ》った席に座った人と二人だけでの秘密めかした会話をたまーにして、あとは携帯電話をいじっては一生ぽちぽちソシャゲやってるだけのアフレコ現場。

それが楽しい現場というならそりゃまぁ楽しかろう。ソシャゲ楽しいし。

女が大勢集まって、うまくいくはずがない、なんてことは小中高で嫌というほど味わってきたけれど、わたしが今行っているアフレコ現場は、まぁ、そんな感じ。

でも、だからこそ面白い。

人を欺くのも、違う自分を作るのも、上辺を素敵に取《と》り繕《つくろ》うのも。

もっと綺麗《きれい》に言ってしまえば。

夢を与えるお仕事って本当に素晴《すば》らしい。

だから、わたしが言うのもなんだが、この業界頭おかしいと思う。

☆　☆　☆

目的の駅に着いて歩くことしばし。ちょっとしたオサレタウンな感じの街並みをてくてくして、途中のコーヒーショップでカフェオレを買って、マスクをひょいと下げてストローからちゅるちゅる飲みながらアフレコスタジオへと向かった。

時刻はだいたい十五時と半をちらっと回ったくらい。十六時スタートの現場に入るにはまぁ、平均的な入り時間だろう。

通りからやや奥まった箇所にある階段をかんかん音を鳴らして下りていく。

スタジオに入るときは基本一人だ。声優さんといえば、一応はいわゆるところのゲーノージンというやつであって、四六時中マネージャーさんがべったりというイメージだったけれど、実際、なってみると放置アンド放置……。

いや、もちろんいつもマネージャーさんがついている声優さんだっている。現に、階段を下りた先、スタジオの入口にはどこだかの事務所のマネージャーさんがもう来ている。

「おはようございます」

とりあえず挨拶をして、わたしもうちのマネージャーの姿を捜した。

が、見当たらない……。

うちの事務所では声優個人にマネージャーが付くというわけではなく、アフレコなどの音響《おんきょう》周りを担当する音響製作会社ごとにマネージャーが決まっている。まぁ、すっごい忙しい声優さんの場合は個人マネージャーとして誰かがつくこともあるらしいけど、暇なわたしには無縁な話だ。

ここ、ハイルサウンドという音響会社を担当しているのは悟浄君のはずなのだが、今日は姿が見えない。

……サボりか。社長にチクってやろ。

まぁ、マネージャーという職種はハードなせいか慢性的な人手不足に陥りがちで、悟浄君も薄給の割りに忙しいのはわたしも知っている。

なので、悟浄君も毎度毎度アフレコに来ていると いうわけでなく、その日のスケジュールによって来れないときもあるのだ。今日は悟浄君忙しいんだろうな。しかし、それはそれとしてやはり社長にチクってやろ。

さして広くもないスタジオをてくてく歩き、突き当たったロビーに至ると、そこにはスタート前独特ののんびりした雰囲気が流れていた。

スタジオのロビーは温かみのある間接照明に照らされ、ちょっとおしゃれチックなソファが並んでいる。スタジオによって綺麗だったりちょっと古ぼけてたりするが、今日わたしが収録に来たハイルサウンドスタジオは結構綺麗なスタジオだ。

ケータリングやお菓子も充実。ときたま、原作者さんや偉い人が差し入れをくれたりもする。

ロビーでは、そんなお菓子やなんかをはむはむしている人たちがいる。

メインキャストのうち何人かが三々五々談笑していたり携帯電話をいじっていたりとリラックスしていた。

「おはようございます」

なるたけ元気よく挨拶して、ロビーを通過。続いて、ミキサールームの方へ顔を出し、ここでも元気よく挨拶。

「おはようございます。ナンバーワンプロデュース烏丸千歳です。よろしくお願いします」

そう挨拶すれば、みんな顔を上げてわたしの方をみて挨拶を返してくれるが、わたしを烏丸千歳と認識しているかは怪しい。まぁ、スタッフさんたちに関してはわたしも一人一人紹介されるわけではないので、名前を知らない人も多いのだけれど。

それでも、ちゃんと挨拶だけはする。他のタイトルのスタッフさんだろうが誰だろうが、すれ違った人には全員挨拶。これ、声優の基本。今時は小学校でも挨拶の重要性を教えている。不審者《ふしんしゃ》には自分から挨拶して、牽制《けんせい》……。この業界、ぱっと見不審者多いからな……。

ロビーにいる人たちやミキサールームのお歴々にご挨拶を済ませたらいよいよもって、アフレコブースへと入る。

ここでも、挨拶！

なんならわたしの場合、アニメ本編のセリフより挨拶の方がワード数が多い。

そして、いつもの席。入口すぐのドア横に座った。

別にブース内の席順があらかじめ決められているわけではない。けれど、みんななんとなく空気を読んで座るのだ。ワード数が多い人はマイク正面に座るとか、セリフ少ない人は脇の端っことか……。タイトルによってはキャラクターの関係性が近ければ隣同士に座るとか、あれこれ考える。

が、わたしはモブ。

モブ・オブ・ザ・モブ。

しかも、モブ界においてもかなりレベルが低いであろう、バーターで突っ込まれているモブ。

うちの事務所の先輩、かおたんさんがヒロインの一人なので、ついでに呼ばれているだけなのだ。

まぁ、偉い人たちがわざわざモブごときを選《えら》んでいるのも労力なので、たいていの場合、音響制作さんがさくっと選んだり、事務所の人に「誰かよさそうな子いたらよろしく」で済ませてしまうものらしい。

そんな経緯《けいい》でこの現場に呼んでもらっているわたしは言うなれば、モブの中のモブ。

モブ・オブ・ザ・モブ・オブ・ザ・モブ。

なので、誰の邪魔《じゃま》もせず、かつなるべく皆さんの視界に入らないドア脇に座ることにしている。

いつもの席に座ってしずかーに、おとなしーくしていると、だんだんとキャストさんが集まり始める。

「おはようございます」

誰かがわたしの横を通るたびに立ち上がりご挨拶。

うんうん、ちゃんと仕事してるな、わたし。

初めて行く現場なら自己紹介を兼ねた挨拶を一生しているのだが、アフレコが進んでくるとみんなも慣れたもので、モブ連中に関してはもう誰も気にも留めない。

わたしも気に留めない。

のだが、さすがに友達の姿を見つければ気に留めはする。

おそるおそる、おっかなびっくりきょろきょろと、まるで都会に迷い込んできたハクビシンのように、不安げにアフレコブースに入ってきたのはわたしの数少ない友達、久我山八重。

「あ、八重だ」

珍しいところにいるもんだなーと思うと、つい声が漏れてしまった。

すると、八重もわたしに気づき、ほっと安心したような表情をする。

「ちーちゃん！　おはよー！」

「うん、はよー」

てこてことわたしのもとへ歩み寄り、ふにゃっとした柔らかな笑みを浮かべる八重。

「よかった、知ってる人いて……。私、アフレコまだ二回しかやったことないから今日も不安で……」

収録はまだ始まってもいないのに、八重は既に疲れている。はぁと安堵《あんど》にも似たため息を吐くと、そのままわたしの横の席にふらふら～と倒れ込みそうになった。それをはっしと支える。

「あ、ごめんね」

八重のやや火照った頬が間近にある。女同士と言えど、さすがにこうも顔が近いとちょっと照れるぜ……。ていうか、こいつすごいもち肌だな。化粧乗り良さそうでちょっとムカつく。

なので、八重の頬をぷすっと指で突いた。

「わわっ、な、なに、ちーちゃん？」

「それより、まずいろんな人に挨拶。悟浄君に言われなかった？」

八重のリアクションには取り合わずそっと耳打ちした。すると、八重ははっとなり、ぱたぱた駆け出していく。

「な、ナンバーワンプロデュースの久我山八重です。よ、よろしくお願《ねが》いします……」

八重は先輩声優一人一人に挨拶して回り始めた。

そうしているうちにまた緊張感《きんちょうかん》が戻ってきたらしく、八重がわたしの隣の席に座った頃には表情にやる気が漲《みなぎ》っていた。

椅子《いす》に座り、バッグを開くと八重は付箋《ふせん》だらけの台本を取り出して熱心にチェックを始める。

うんうん、なんだか初々しいなぁ。いや、わたしも初々しいぴちぴちフレッシュなわけですが。

八重の小動物じみた動きに癒されていると、アフレコブースの二重扉が開き、音響制作の人が顔を出した。

「テストはじめまーす」

制作さんが一声掛けると、ブース内にも気合いが入る。

わたしも気合いを入れ直す。

さぁ、大人《おとな》しくしている地蔵タイムの始まりだ！

☆　☆　☆

アフレコも回が進むと、実に落ち着いたもので、制作さんなり音響監督さんなりの「はじめまーす」の一言だけでいきなり始まったりする。

初めて現場に入ったときはあまりの唐突さにびっくりしたものだ。戸惑っているうちにさくさく進んじゃうし……。

声優の初仕事はたいていの場合、さしたる説明もなくいきなり現場に一人放り込まれる獅子《しし》の子育てスタイルなのである。初心者への優《やさ》しくなさは格ゲー以上。

八重はまだ経験少ないって言ってたけど大丈夫かな……と、横目でちらっと見てみると、案の定、あわわとかはわわとか言っていた。

そして、終始緊張した様子で、背筋をピンと伸ばし、モニターを見て台本を見て原作を見てを繰り返している。

うんうん、如何《いか》にも新人って感じだなぁ。いや、わたしも新人なのですが。

かくいうわたしも初めてアフレコに行ったときは終始緊張していた。いや、集中していたという方が近いかもしれない。

ずっと原作の漫画と台本とを首っ引きして、名だたる役者さんたちのお芝居からなにかを得ようと真剣に聞き入っていた。モニターに出される映像を食い入るように見つめ、ボールドの位置を気にし、声を出さないよう自分もこっそり合わせてみたりしていたものだ。……やだ！　新人の頃のわたし真面目《まじめ》で可愛い！　ていうか、今も新人だけど！　つまり、今も可愛いってことだ！　困ったぞ！

……まぁ、もう、真面目、ではない？　かもしれない、かな？

今やアフレコ中はぼーっとコンテ撮《さつ》を眺め、早く終わんないかなーとずっと思っている始末。

気づけばこの体たらく……。

いや、だって誰が演じても変わんないようなたった一言のセリフばっかやってたらそうなるよ……。それに、コンテ撮のＶ観てても全然ワクワクしないし……。

……うん、まぁね！　ほら、モブが張り切り過ぎてもなんかあれだしね！　個性バリバリ出ちゃってる主張の激《はげ》しいモブとかおかしいからね！　なんだその無駄に頑張って出してるっぽいイイ声、カフェ店員の役なのに主役気取りかお前みたいなことになっちゃうからね！

むしろ、わたし、超空気読んでるはず！　なんなら空気に同化してるまである！

☆　☆　☆

結局、Ａパートはセリフ一言だけだったので、一生ぼーっとしていた。本番も一発ＯＫ修正なし。

こうなると、結構な時間無言で過ごすことになる。アフレコ全体の平均時間がだいたい三時間ちょいくらいなので、Ａパート分ざっくり一時間半ほど無言の地蔵タイムを過ごした。

セリフ量の割りに拘束時間自体は長いけど、まぁ、一声出してお金貰えるなら悪い仕事じゃない。

アニメの場合、たとえセリフが一ワードでも百ワードでもギャラ変わんないし……。

通常、アフレコはテスト、本番、修正のプロセスを踏んで行われる。

なので、自分のセリフで修正がない場合はその間じーっと待つことになるのだ。長いアフレコだと五時間、六時間かかることもあり、待ってる側《がわ》は結構辛い。十六時スタートの現場でてっぺん回ってしまった話とかたまに聞くと「ふえぇ……」ってなる。

自分のリテイクが多いと申し訳なさでハゲるとうちの悟浄君も申しておりました。

だが、モブのわたしにはあんまり関係ない。あん

まりリテイク出さないし。

別にわたしの演技がうまいとか芝居が達者だとか才能があるとか神懸《かみが》かって可愛いとかってわけではないと思う。

単純に、モブのセリフになんて誰も興味がないのだ。視聴者《しちょうしゃ》も、スタッフさんも、原作者も。

正しくは諦められているというべきなんだろうけど。どうせ、モブやってる奴の芝居なんて「こんなもん」と思っているに違いない。

そういえば一度だけ、モブで呼ばれたとある作品でめっちゃ口うるさいラノベ原作者にあたってしまい、五回リテイクをくらったことがあるけど、あれくらいか。あの原作者死なないかな……。だいたいラノベ作家ごときにアニメのなにがわかるって言うのさ！

さしたるセリフもないこの現場でのわたしの仕事はドアマンだ。

扉の一番近くに座り、音響監督さんが入ってくるときにさっと開けたり、誰か出入りするときに、がっちゃがっちゃ重い扉を開け閉めすること。

従って、アフレコスタート直前直後とＡＢパート間の休憩時間前後がもっとも忙しい。

休憩明けに何度かブースの重い扉をがしゃこんがしゃこん開け閉めしていたら、気づけばＢパートが始まっていた。

それでも、やはりわたしのセリフはほとんどなく、またしてもぼーっとしていた。

一方、セリフの多い声優さんたちはマイク前を機敏に動き、実に小気味よい。

その姿を見るたびに思うけど、やっぱり売れてる声優さんはオンオフの切り替えが上手《じょうず》だと思う。

例えば、今マイク前に立っているヒロイン役の一人、苑生百花もアフレコ前や休憩中は気だるげにしていることが多い。先輩たちに話しかけられたときだけ、にこぱっと笑顔を向けて、それ以外のときはずっと携帯いじってるし。

あと、主役の代田《しろた》さんも。この人、結構かっこいいんだけど、休憩《きゅうけい》時間中、誰とも目を合わせないで一生スマホゲーやってるんだよなぁ……。まぁ、ハーレムっぽい作品だと、どうしても男性キャストは肩身狭い思いをしがちだから仕方ないのかもしれないけど。

とはいえ、肩身の狭さならわたしも負けてはいない。ちょっとしたスレンダー美女と言っていいまである。

モブのわたしに求められることは一つ。

とにかくみんなの芝居の邪魔をしないこと。

声を出す職業なのに、黙っているのが仕事とはこれいかに……。

思わず、ため息がこぼれ出そうになるが、そこはプロ意識でどうにか堪《こら》えた。

すると、代わりに欠伸《あくび》が出そうになる。

そんなときは広げた台本をすすっとあげて口元を隠すのだ。欠伸隠しにも使え、暇なときは落書きもできるし、ついでにセリフも書いてあるとか台本ってマジ便利。

顔に当てた台本からにょきっと目より上の部分を出して、眼前で繰り広げられるお芝居とモニターの映像を眺めてみる。

はー。しかしこのアニメつまんないなー。まぁ、ラノベってやつだな、うん。こりゃ欠伸も出るってもんさね。

なんかみんなも音を出す機械に徹《てっ》してる感じだし。

……わたしはセリフがないので音を出す機械にすらなれないのですが。

つまらないことなんてしたくないと思っていたのになぁ……。

☆　☆　☆

アフレコ開始から三時間足らず。さしたる問題も起きず、本日のわたしの仕事が終了した。

「お疲れ様でーす」

キャスト陣の面々に向けてなんとなく三方向くらいに会釈してそう挨拶し、他のキャストさんたちはアフレコブースを後にする。

わたしもそれに倣って会釈と挨拶。そして、ミキサールームにも同様に挨拶に行く。

わたしたちが芝居や演出の話を聞くのは音響監督さん伝いになので、原作者や監督さんと直接顔を合わせる機会はほぼない。同じ作品に携わっているんだから、物語や芝居についての話くらいしそうなものだけれど、そういう姿を見かけたことはない。

わたしたちが現場の人や偉い人と交わす会話は「おはようございます」と「ありがとうございました」だけ。

その挨拶だって、誰かに向けたものというわけでもなく、不特定多数、言うなればスタッフさんと言う概念に向けて挨拶をする。あれだな、柔道とか剣道とかでよくわかんない方向に一礼するのに似ているかも。「道場に、礼!」みたいな。

ミキサールームへひょいと顔を出し、

「お疲れ様でした。ありがとうございました」

それだけ言って、ささっと退散。

さーて八重でも誘ってご飯食べて帰ろうかなーとロビーへ戻ってくると、その八重が誰かと話していた。

妙に首を傾けた謎《なぞ》のポージングで立つ、目つきの悪い、ちょっぴりオシャレを意識したシャドウストライプの入ったスーツ姿の黒髪男。

我が兄にして、マネージャー。ナンバーワンプロデュース社員、烏丸悟浄だ。

「あ、悟浄君だ。現場居るなんて珍し」

声を掛けると、悟浄君が首だけ傾け、こちらを見る。

「逆だアホ。お前が現場にいる方が珍しいんだろうが。ていうか、家の外で話しかけんな」

「なにそれ悟浄君反抗期? 中学生みたいなこと言っててウケるんだけど」

「ちげぇよ、公私の区別くらいつけろって話してんの」

「悟浄君だって現場でわたしのこと千歳って言うじゃん。八重のことは久我山さんって呼ぶのに。公私の区別くらいつけなよ」

「…………。わかったよ悪かったよ」

ぴしゃりと言い返すと、悟浄君は一瞬言葉に詰まる。そして、ため息交じりに言うと、ポッケからピルケースを取り出して、錠剤を一つ口に放った。そして、近くの自販機へと向かう。それにしても最近この人、よく頭痛薬飲むようになったな……。なに、生理重いの？

まぁ、悟浄君のことはいいや。わたしはくるっと八重に向き直った。

「八重、ご飯食べてこーよ」

「え、うん、じゃ、じゃあプロデューサーさんとかについていけばいいのかな……？」

言いながら、八重は周囲の様子を窺う。

その視線の先にはプロデューサーさんやら原作者さんやら何人かが集まっていて、飲みに行くのどうのと話している。十六時スタートの現場では収録後に食事に行くのはままあることだ。

しかし、それもタイトルによる。

「あー。八重、この現場初めてだっけ」

「う、うん」

「この現場、キャストはあんまご飯行かないから」

「そうなんだ……」

「ま、忙しい人多いからね」

ちょっと落胆した様子の八重に、取って付けたような言葉を掛けた。

この作品に出ているキャストさんが本当に忙しいのかどうかは知らない。単純に、仲良くないだけなのかもしれない。飲み会に行ってもそれが仕事に繋がることなんてほぼないし、意味ないものだと見ているのかもしれない。

わたしには他の人の気持ちが、売れている声優さんの気持ちがわからない。

それでも、好意的に考えればみんな忙しくて予定いっぱいなのだろうと思う。

実際、アフレコ後にそのままラジオを録《と》り始めてしまったり、夜に別のラジオのレギュラーやゲストがあったり、オーディションに出すテープを録ったり、次の収録のチェックをしたり、翌日がイベントだったり……。人気キャストさんは、アフレコ後にも仕事がいっぱいなのだ。

片や、わたし。

…………超、暇。

いやー、わたしも仕事欲しいけどねー。仕事取ってくるはずのマネージャーがねー……と、視線を横にやると、水をくぴくぴ飲みながら悟浄君が戻ってきた。

「悟浄君、わたしご飯食べてくから晩ご飯いらない」

「そうか。俺も今日遅いから気にしなくていい。戸《と》締《じま》りだけちゃんとしといてくれ」

「はーい」

返事をすると、悟浄君は頷きだけ返して、奥のオフィスへと向かう。挨拶してから帰るんだろうな。

それを見送りつつ、わたしは八重に「行こ」と促した。だが、八重はわたしの顔と悟浄君の背中とを交互に見て、ほえーと口を開けて呆《ほう》けていた。その手をくいくいと引っ張り歩き出すと、ようやく八重が再起動する。

「な、なんか、ドキドキする会話だね……」

「え？　そう？　どこが？　普通の会話じゃない？兄妹だし」

「そうだけど、なんか、なんか……」

わたしについて歩きながら、八重がかーっと赤くなる。なにを想像しているんだ、この子は……。

☆　☆　☆

スタジオ近くの、ややオシャレめなお店を適当に選んで入ってまずはエルダーフラワーソーダで乾杯した。

「おつかれー」

「お、お疲れ様」

グラスを合わせるとリンと鈴の音にも似た音が静かに響く。しゅわしゅわと静かに弾《はじ》ける泡を一口飲むと、爽《さわ》やかな喉越《のどご》しが気持ちいい。いやー、仕事の後の一杯は最高だな！　疲れが吹き飛ぶってなもんだよ！　身体《からだ》が軽くなった気がするね！　はっはっはっ！　そりゃそうだわ！　疲れてるわけねっつの！　三ワードしかセリフねっつの！　はっはっはっ………、はぁ。

半ばやけになりながら、さらにもう一息呷《あお》っていると、正面の席に座る八重がフードメニューとにらめっこしていた。

「……どしたの」

聞くと、八重は泣き出しそうな顔をわたしに向け、悲しげに呟《つぶや》く。

「私、糖質《とうしつ》制限してるからなに食べればいいかわかんない……」

ほう、糖質制限とな？　要するにダイエット中か、こいつ。

まぁ、最近は声優さんもメディア露出が増え、かつインターネット上でもその容姿がよく話題になる。一人の声優さんの太った痩《や》せたで大賑わいするものだ。

なので、声優という職業にもかかわらず、見た目やスタイルを気にしている子も多く、事務所によっては、マネージャーさんがダイエット命令を出してくることもあるらしい。

この業界、やっぱりおかしいな……。

ここはわたしが立ち上がり、少しずつでも変えていかなければ！　と使命感に燃《も》えて、八重にぐっとサムズアップしてみせた。

「よし！　じゃ、わたしに任せて！」

「う、うん！」

八重もわたしの熱意溢《あふ》れる姿に圧されたのか、こくりと頷くと、フードメニューをしずしずと渡してくる。それを受け取ってざっと目を通す。

「すいませーん。注文お願いしまーす」

素早《すばや》く手を挙げて、店員さんを呼び、さくさく注文を始める。

「シーザーサラダとバーニャカウダ……」

わたしがメニューを指さしながらオーダーを読み上げていると、正面の八重がニコニコ笑顔でふむふむと頷く。

「あとアンチョビポテト」

言った瞬間、ぴたっと八重が動きを止めた。

「それからビスマルクとカルボナーラハーフで！　よろしくお願いしまーす」

店員さんが去ると、八重がぎぎっと首を動かして引き攣った微笑みでわたしを見る。

「ち、ちーちゃん……、わ、私の話、聞いてた、よね……？」

「大丈夫だよ、八重。明日《あした》から頑張ろう！」

「ううっ……」

わたしが笑顔で言うと、八重はかくっと肩を落とし、テーブルにのの字を書き始めた。

ごめん、八重……。

声優にルックスを求めてしまう今のおかしな業界に一石を投じるためには必要なことなの。八重には声とお芝居だけでトップに上り詰める超正統派声優になってもらうことで、みんなの目を覚ましてもらう一助になってほしい……。一人だけ痩せようなどと思うなよ……。

☆　☆　☆

売れない声優同士が集まると、すぐに演技論だの芝居論だのの話をし、売れてる声優さんのここがすごいここがダメ、○○さんにこんなこと言われて自分はこう思っている、みたいな話が延々続く。

翻《ひるがえ》って、こんなに考えてるわたしカコイイとかこんな有名な人に目を掛けられてる自分すご過ぎィ！　とか、まぁ、とにかく自己顕示欲《けんじよく》を満たすだけの会話が繰り広げられるのだ。

わたしたちもその例に漏れず、ポテトをぱくぱくつまみながら、今後の声優業界アニメ業界について論じていた。

「最近はアニメの消費サイクルも速いじゃん？　声優さんも同じだと思うんだよね！」

わたしがドヤ顔しながらどこかで聞きかじった話をすると、八重はカルボナーラをくるくる巻きながら真剣な表情でうんうん頷く。

「つまり、すぐにわたしたちの天下ってことだよ！　勝ったね！　これは！」

未熟者たちが揃《そろ》って大言壮語《たいげんそうご》している時間ってなんでこんなに楽しいのだろう……。根拠のない万能感は最高に気持ちいいなぁ……。

その気分に拍車をかけるのが、八重のきらきらした眼差しだ。

「ちーちゃんすごい……」

「ふっ……。まぁね」

そう言われると悪い気はしない。まったくもう八重ったら聞き上手なんだから！　いろいろ食べさせて太らせようとしてごめんね！

とか思っていると、八重がふわーっと感心したようなため息を吐いてから、ぽつりと呟いた。

「そっかぁ……。ちーちゃんは売れた後のことまで考えてるんだなぁ……」

「……え？　売れた後？」

なんだか聞き慣れない言葉が耳に飛び込み、思わず聞き返してしまった。

すると、八重が戸惑い気味に口を開く。

「う、うん……だって、消費さいくる？　が速いっていうことは、私なんてすぐに消えちゃうってことだし……」

「…………あ」

っべー……。言われてみれば確かにそうじゃん。やだ、なに、八重マジ目の付けどころがシャープじゃない？

大見得切ってドヤってしまった手前、「そうですね……」と素直に言える気はしない。

「い、今はあれだよ！　まずは目の前のことをこつこつやらないと！」

「そうだよね！　私も頑張る！」

慌てて取り繕うように、言い訳めいたことを適当ぶっこくと、八重はうんと力強く頷いて、胸の前でぐっと両の拳《こぶし》を握り、やる気を漲らせる。

まったくもう八重ったら素直ないい子なんだから！　もう、ジェラートかなんか奢《おご》ってさらに太らせたくなっちゃうぞ！　すいませーん、追加注文！

と、ノリで注文したジェラートを二人して食べていると、八重がにっこり笑顔で違う話をし始めた。

「でもさ、ちーちゃん、すっごい順調だよね。今やってるの、番レギュ二本目でしょ？」

「いやー、番レギュっていっても別に名前ある役じゃないし……」

さっき調子ぶっこいた発言をした手前、八重に褒《ほ》められても、素直にありがとうと言えない……。

しかし、実際のところ、八重が言うようにわたしのキャリアの積み方は比較的順調な方なのだ。

弱肉強食格差社会の超過当競争である声優業界においては、デビューしてすぐに番組レギュラー、まぁ、要はその作品におけるモブや端役を担当するために毎週呼ばれることなのだけど、それだけでも結構たいそうなことらしい。わたしにはあんまり実感がないけれど。

とはいうものの、最近じゃどこだかの声優専門学校はアニメ製作に協力することでモブやなんかとしてそこの専門学校の生徒を出演させたりもするらしい。生徒は出演できてハッピー。学校側も出演実《じつ》績《せき》が作れてハッピーで、ｗｉｎ－ｗｉｎってやつだ。そういう話を聞いてしまうと、モブなんてほんと大したもんじゃないし誰がやっても一緒じゃん……とやさぐれたくもなるわたしです……。

それにしても、わたしみたいに売れてない声優でも順調な方とか、ほんとこの業界おかしいな……。

わたしの当初の目論見《もくろみ》では、華々しくデビュー！即人気沸騰《ふっとう》！　やったね千歳ちゃん！　みたいな感じだったのだが、どうやらこいつはそろそろ考えを改めなければならないのかもしれない……。

ぐぬぬ……とわたしが唸《うな》っていると、それをどうとったのか、八重が心配そうにわたしの顔を覗き込み、励ましてくる。

「ちーちゃんはすごいよ！　養成所でも一番だったし！」

「あー、養成所ね……」

養成所にはあまりいい思い出がない。というか、養成所の連中は誰も覚えていない。八重だけは同じタイミングで事務所預かりになったこともあって、どうにか覚えている。

苦い顔をしていると、八重はわたしを気遣ってくれているのか、なおも前のめりになる。

「すごいよ！　だって、ちーちゃんがお芝居しているとき、感動して泣いてる人とかいたんだよ！」

「あ、あはは……」

言われて、ちょっと嫌なことを思い出してしまった。

養成所に通っている男はなぜか唐突に泣く。

というか、だいたいそいつが好きな子がアフレコ実演をしていると、急に泣き出して、「感動したよ……」とか言い出すのである。そして、なぜかいきなり帰りに呼び出されて告ってくる。

なんであの手の男子って急に告白してくるんだろう。

よく知らない人間にいきなりそんなこと言われても普通に怖いと思ってしまう、女子高育ちのどうもわたしです……。

それを養成所に入りたて基礎科の頃にやられたもんだから、養成所にいる人間を気持ち悪いと思って距離《きょり》を取ってしまったんだなぁ……。

その後の消息も知らないし、二度と会うこともないだろうからどうでもいいんだけど。あの人たち、今なにやってんだろ。今や養成所時代の友達やら知り合いやらは八重だけになってしまった。

わたしは数少ない友人の顔を見つめる。

「八重はいい子だなぁ……」

よくもまぁ、わたしみたいにチョケりやすくて凹《へこ》みやすい面倒《めんどう》な人間と友達付き合いできるものだ。わたしなら、わたしの友達やるなんて絶対嫌だぞ。

などと、思っていたらそんな心の呟きは口に出ていたらしい。

「そ、そんなことないよぉ」

八重は照れ照れしながら、髪をいじる。はにかんで朱に染まったほっぺが可愛らしいが、まんざらでもなさそう……。こいつ、自分で自分のこと、いい子だと思ってるんだろうなぁ……。八重も一皮剝いたらなかなか闇《やみ》が深そう。

まぁ、そのあたり含めて、わたしはそれなりに八重のことを気に入っている。

と、微笑み交じりに八重の観察をしていると、八重ははたとなにか思い出したように手を打った。

「そう言えばね、こないだ聞いたんだけど、今度アニメ化する作品があってねー、それが……」

言いながらバッグの中をがさごそやり始める。

「へー。八重ほんとアニメ詳しいなぁ」

わたしが言うと、八重がバッグをいじる手を止めて、ぱんぱんテーブルを叩く。

「し、仕事だもん！　当たり前だよー！　ちーちゃんが興味なさ過ぎるんだよ！」

「そうかなー？　声優さんってあんまりアニメ興味なくない？」

「そんなことないと思うけど……。アニメ好きな人たくさんいるよ？　イラスト描《か》いてる人とかもいるし……」

ああ、そう言えば暇さえあれば台本やなんかにイラスト描いてる声優さんいるな……。確かにあの声優さん、「ウィヒヒ」って笑い方がオタク特有の笑い方だもんな……。ほんとに好きなんだろうなって感じする、うん。

わたしもアニメ観る方だし、漫画も読む。だけど、いわゆるオタクとかアニメ漫画クラスタの人たちと比べれば、すっごい浅いところにいる気がする。

アニメ好きだけど、すっごい好きってわけではなく、まぁ、世間一般の人が映画を観たり、読書をするくらいの感覚に近いような気がする。……あれ？ なんでわたし、声優やってるんだ……？

「ちーちゃん？」

一瞬、ものすごい深い思索に囚《とら》われかけたが、八重の声がわたしを引き戻す。あっぶなー。危うくアイデンティティクライシスに陥っちゃうところだったよ……。

わたしは考えることを放棄して八重に向き直る。

「あ、ごめん。それでなんだっけ？ 新しいアニメ？ それ売れそう？」

「う、売れ？」

八重が目を白黒させた。どうやらそんなことを聞かれるとは思ってもみなかったらしい。えっえっと言葉を詰まらせながら、うーんと考え込んでしまった。

こうも悩むとは……。八重は売れるか否かで作品を見たことがないのかもしれない。

まぁ、声優さん、円盤の売り上げに興味ない人多そうだもんな。わたしも興味あるわけじゃないけど、自分が関《かか》わった作品が売れたら嬉しいは嬉しい。それでわたしの人気が出たらなお嬉しいいし、超嬉しいし、それしか嬉しくない。結局のところ、わたしが興味あるのはわたしについてだけなのだ。なんと矮《わい》小《しょう》な人間なのか、わたしは……。

やがて、ずっと考え込んでいた八重が慎重に言葉を選びながら口を開く。

「ど、どうかな……そういうのわかんないけど、私すごい好きだよ！」

おおう、パーフェクトな回答……。それ今度わたしも使おう。

感心していると、八重は先ほど手を伸ばしたバッグからなにかごそっと取り出した。

「事務所で今日聞いたんだけどね！　そのうちオーディションあるんだって！　だから原作買っちゃったー」

えへへーと笑いながらテーブルにごとごととラノベを並べ始める。

「ほう……」

今こやつオーディションと申したか。なかなか耳寄りな情報を持っておるではないか……。これはわたしもおこぼれに与《あずか》らねばなるまい……、と、八重の持っていた原作本に手を伸ばそうとする。

が、その手がぴたりと止まってしまった。

八重、マジか。もう付箋まで貼ってあるし。なんかメモ書きみたいなのまで挟まってるし。

超熱心な読者じゃん……。おいおいこいつ、原作者キラーか？　こんな読み込まれた感じの原作本、オーディションに持っていったらその瞬間、役確定しちゃうんじゃないの……。このやり方、いいな。それ今度わたしも使おう。

オーディションの段階でそんなやる気満々のキャストは結構少ないのではなかろうかなどとわたしは勝手に思ってしまう。役が取れなかったら読み込んだり役作りした時間と労力はまるっと無駄になってしまう。コスパを考えれば、役取ってから役作りする方が効率的だ。『この作品昔からずっと好きだったんです〜！　はきゅ〜ん♡』みたいな媚売《こび》りは役が決まってからでも遅くないし。

すごいな、八重。この子は伸びますわ……。感心しながら見ていると、八重は熱っぽく原作の良いところを語っていた。

それに適度に相槌を打ちつつ適度に聞き流していると、ふわーと八重が満足げな吐息を漏らす。どうやら作品への愛情を語り終えたらしい。お疲れ様。

「ごめん、ちょっとお手洗い」

「うん、いってらー」

八重が席を立つのを見送って、ふと考える。

原作対策か……。いや、対原作者対策と言った方がいいのかもだけど。地味な営業活動も結構大事なことなのかもしれない。

畢竟《ひっきょう》、アニメは人間関係でできているのだから。

役者、マネージャー、音響監督、監督、音響制作担当、プロデューサー、原作者。他にもいろんな人がいて、いろんな思惑があって。

純粋な実力とか才能だけじゃない、いろんなアレがナニでアニメが作られる、おかしな業界だ。

そういう意味ではわたしは恵まれているのかもしれない。

少なくとも一人、確実に信頼《しんらい》できて、わたしの味方をしてくれる人がいるのだから。

そいつのことを考えながらスマホに手を伸ばした。ロック画面に表示された時刻を見ると、もう結構いい時間になっている。

八重が戻ってきたら帰ろうかな、と思いつつ、スマホをぽちぽちいじり、ＬＩＮＥで適当なスタンプを送った。なんか息も絶え絶えのアザラシがぐええっと嘔吐《えず》いているちょっと気持ち悪いスタンプだ。

すると、一瞬で『殺すぞ』と返ってきた。……よし、あいつ、暇してるっぽいな。それを確認してぽちぽちっとメッセージを打ち込む。

『何時くらいに帰ってくるの？』

……まぁ、たまには労《ねぎら》ってやるとするか。

☆　☆　☆

意外なことに、と俺が言ってしまうのもなんだが、マネージャーの仕事は結構多岐にわたる。声優のスケジュール管理やアテンド、ギャラの交渉に営業活動、媒体へ出す記事や写真のチェックなんかは基本だが、他にも事務所によって、声優の査定だったりキャスティング協力だったり他にもまぁいろいろあり、枚挙にいとまがない。

そうしたいかにもマネージャー然とした業務の他にも少々風変わりなこともやっている。

それが今まさに俺がやっている、オーディション対策である。

先だってアニメ化が決まった作品のオーディションにうちの事務所にもお声が掛かり、何人か出すのだが、その際にもマネージャーは仕事をする。例えば原作を読み込んでキャラを把握して、誰を受けさせようかと戦略を練ることも、まぁ、マネージャーの仕事である場合が多い。

　自宅マンションのリビング、床に座ってソファにもたれかかりながら咥《くわ》え煙草で原作を確認していた。

　連続して読書していると目がしぱしぱしてくる。

　それを自覚すると、いつも読書のおともに流しているラジオの音が耳に入ってきた。どうやら俺の集中が切れたらしい。

　気合いを入れ直そうと、家でしか掛けない眼鏡《めがね》を一度外し、目の間をぎゅぎゅっと揉んで、再度本を広げる。

　もう一本煙草に火をつけて、原作ラノベのページをめくっていると、リビングのドアが開いた。

「悟浄君、お風呂《ふろ》沸いたよー」

　ジェラピケのもこもこふわふわしたルームウェアに身を包んだ千歳が顔を覗かせる。それに、あーとかおーとか適当な生返事をすると、千歳はちょっとばかりむっとしたようだが、特になにも言い返しはせず、とことこキッチンの方へと回った。

　そして、がさごそなんかやりはじめる。なんだあいつ、こんな時間になにか食うつもりか……。と、怪訝《けげん》な視線を向けると、両手になにか持った千歳が俺の前にやって来た。

「はい、これ」

　そう言って、目の前のテーブルに置いたのはマグカップだ。芳《かぐわ》しいコーヒーの香りがする。咥えていた煙草を揉み消して、マグカップを受け取った。

　……しかし、なぜコーヒーを？

「おお。サンキュ。……え、なに、なんかあったの？」

　クソ生意気なことでおなじみの妹、千歳の行動があまりに意外でつい聞いてしまった。すると、千歳はふいっと顔を逸らし、小声で呟く。

「……いや、わたしがコーヒー飲むからついでに」

「あ、ああ、そう……」

　こいつ、コーヒー苦手じゃなかったっけと思いながら千歳のカップをちらと見ると、そちらには限りなく白に近い褐色の液体が並々注がれていた。

　それを見るとつい口元がほころぶ。

「……ありがとな」

「うん。まぁ、ついでだし。別にあれだけど」

口早にもごもご言いながら、千歳はソファに移動すると、そのままぐでっと寝そべった。そして、しばしそのままの体勢で突っ伏してうーっと低く唸っている。なんだこいつ……。可愛いな！　さすが俺の妹だ。

心なしか肩の凝《こ》りがほぐれたような気がして、軽く肩を回す。千歳の淹《い》れてくれたコーヒーをありがたくいただき、また読書に戻ることにした。

ひらりとページを繰り、時たま付箋を貼ってメモ書きをしていると、不意に、千歳が俺の肩口から顔を出し、手元を覗き込んでくる。

「さっきからなに読んでるの？」

「オーディション用の資料」

千歳の方は振り向かずに短く答えると、千歳ははー？　と考えるような息遣いで間を取った。首筋に掛かる息がこしょばゆい。

「……悟浄君、マネージャーなのに？」

「ああ。テープ録るとき、ディレクションは俺がするからな」

オーディションにはテープとスタジオとあり、テープの場合は声優が収録した音源を送り、それをもって選考がなされる。うちの事務所の場合は、事務所で収録し、その際、芝居について助言したりするのも俺の仕事の一つだ。

オーディションを振ってくる音響制作会社からキャラクター資料とオーディション用の原稿《げんこう》は受け取っているものの、それらは抜粋して簡略化《かんりやくか》されたものだ。より深くキャラクターを理解しようとするときは原作から読み込んでいく必要がある。そうでないとディレクションなどできたものではない。テープだけで決まる場合もあれば、テープの後スタジオでオーディションを行うこともあり、このあたりはケース・バイ・ケースだが、いずれにせよ重要な仕事であることには変わりない。

特に、今度のオーディションは千歳にも受けさせる気でいる。熱心に読みもするというものだ。もっとも本人にはまだ伝えてないが……。

しかし、兄の心妹知らずとでも言うのだろうか、人が仕事に励んでいるというのに、この妹、超他人事である。

　俺が読んでいる傍《そば》からひょいと手を出してきて、ページを指さしてくる。……ええい、邪魔くさい顔が近いもこもこした素材の服をくっつけてくるなくしゃみが出そうになる。

「あ、これ、今日、八重も持ってた」

「ほー、久我山はやる気あるな。お前も読めば？」

　暗に、読書の邪魔をするなという意味を含めて言うと、千歳はへらっとした笑みを浮かべた。

「でも、わたし、字、読むと眠くなるんだよね」

「なに？　声優やめたら？　君いつも台本読んでるでしょ？」

「だって全然違うし……、字多いし……」

「お前役取る気あんのか……」

　思わず言うが、千歳はまるで聞いていない。本の山に視線をやると、その一角を指さして俺の肩を叩く。

「あ、これ漫画版もあるんだ。それ取って」

「自分で取れよ……」

　……こいつ、さっきから邪魔ばっかりしおってからに。と思いつつも、取ってやる。まぁ、これを読んでる間は千歳も大人しくしているだろう。その間にこっちも読み終えてしまえばいいか。

☆　☆　☆

　悟浄君に取ってもらった漫画を読み終えて、こてっとソファに頭を沈める。

　小さなボリュームでつけっぱなしにされている深夜放送のラジオも気づけばジャズだかクラシックだかが流れるような時間になっていた。

　わたしと悟浄君。二人だけの静かな時間だ。

　悟浄君の薄給には不釣り合いの2ＬＤＫ。

　わたしとの二人暮らしを条件に、両親が若干の援助をしてくれているおかげで住めているこの部屋はとても居心地《いごこち》がいい。

　首を巡らせてみると、悟浄君の後頭部が視界に入る。悟浄君は未《ま》だ真剣に読んでいるのか、頭はぴくりとも動かない。……寝てるのか？

「ね、悟浄君、これ売れるかな？」

「……あー」

声を掛けると、悟浄君は一応起きてはいたようで、いつものように生返事をしてくる。こいつ、さっきまではわたしの相手ちゃんとしてたくせに……。

「……ねぇ。悟浄君、聞いてる？」

「んー？」

ずりっとソファの端まで腹ばいに動いて、悟浄君の顔を覗き込んでも反応が鈍い。よほど集中して読んでいるらしい。

無視されるのはあまりいい気分ではないが、こういうときの悟浄君は少し可愛い。ので、まぁ、許す。眼鏡をかけているせいかもしれない。目つきの悪さが少し軽減されてる感じがする。

悟浄君はマネージャーになっても真面目だなぁ。これ以上邪魔するのもさすがに悪いかなぁと思い、わたしは悟浄君から離《ばな》れてまたソファに寝っ転がり天井を仰ぐ。

部屋を照らす照明はまんまるなお月様のようだった。

ラジオからはジャズピアノのスタンダードナンバーが流れていた。この曲、なんだったっけな。アニメで使われてたやつだったと思うけど。声優さんが歌ってる方のバージョンしか知らないんだよな、わたし。

——声優、か。

役者なのに、ラジオのパーソナリティもやって、見た目を気にして、歌も歌って……。

わたしもいつかそんな存在になるんだろうか。なれるんだろうか。

そんなことを想《おも》って、そっと目を閉じた。

……ほんと。

わたしが言うのもなんだが、この業界はやっぱりおかしい。

［＃1 烏丸千歳とおかしな業界・了］

#2

gi(a)rlish number

Chapter Two

孤高の千歳と闇の女子力

もう声優《せいゆう》やめちゃおっかなー。

ソファでぐでーっとしながら先月の支払い明細を眺めていると、それを切に思う。

つい今しがた大学から帰ってきて、ポストを確認《かくにん》すると、宅配便の不在通知や公共料金の請求書《せいきゅうしょ》なんかと一緒に、わたしの支払い明細が入っていた。

そんなわけで……。

やってまいりました！　毎月恒例辛《つら》い現実対面タームー！

ぴりぴりーっと封筒を破って、お目当てのうっすーいペライチの紙を御開ちょ～う！

えー、願《ねが》いましては先月のアフレコ一話分が一万五千円。かけること四週分。足すことの、よくわからん無名の低予算くさいソシャゲの無駄謎《なぞ》ボイス収録数《しゅうろくすう》十ワードで一万五千円。

しめて、七万五千円。

かと思いきや、その額面《がくめん》通りに自分に入ってくるわけではない。

事務所の契約料。まぁマネジメントしてもらってる手数料的なアレがソレでナニなもんでざっくり三割ほど引かれていく。

さらに源泉税だの消費税だのその他ナントカ税だのの税金諸々《もろもろ》が差っ引かれる。源泉ってなんなの、温泉でも掘ってるの？

そんなこんなでわたしの手元に入ってくるのは七割以下。

ざっくり計算で先月の稼《かせ》ぎはぽっきり五万円くらいでしゃっきりポン。

……やべぇなこれ。

そこいらのフリーターの給与明細より全然やべぇなこれ。

日払いの派遣バイト週二でやってる方が稼げるとかやべぇなこれ。

もし仮にわたしが週三でバイトを始めてしまったら、収入の比率からしてフリーターを名乗らざるを得なくなってしまう……。

やばい。

なにがやばいってマジやばい。

閑古鳥が輪唱《りんしょう》斉唱大合唱なわたしでも、デビュー間もない新人としては結構順調《じゅんちょう》な部類《ぶるい》であるという事実がマジでやばい。

売れない声優の仕事のなさは異常。

ビビる。声優業界の闇《やみ》が深すぎる。

今や、老若男女にゃにゃんこ猫も杓子《しやくし》も声優になりたがり、犬も歩けば声優専門学校に入学していく史上空前の声優ブーム。

声優にまつわるコンテンツが売れに売れて熟《う》れ熟《う》れジュクジュク弾《はじ》けまくりの声優バブル。

だからこそ、わたしもブームという風に乗り、バブルの勢いでブラザーに一枚噛《か》んでウォンビーロングしたわけで……。

なのに、実体経済とあまりにかけ離《はな》れてやしませんかね……。

これが一人暮らしだったらそれこそ文字通りの死活問題《もんだい》なのだけれど、幸いなことに、わたしには同居人がいる。

サンキュー悟浄《ごじよう》君。サンキュー社畜。

ソファから跳ね起きて、今はどこぞで勤務中の悟浄君に南無南無と手を合わせてから、わたしはてこてこ悟浄君の部屋《へや》へ向かった。


悟浄君の部屋は結構こざっぱりしていて物が少ない。断捨離《だんしやり》なのかミニマリストなのかミヒマルGTなのか知らないが、おかげで探し物はすぐに見つかった。

デスクの一番大きい引き出しを開けると、そこにはお金関係の書類がファイリングされているバインダーがある。

そいつを失敬して、リビングに戻る。ついでにこないだ現場でもらってきた差し入れのカステラも戸棚から取ってきた。

福砂屋《ふくさや》のキューブカステラ。美味《おい》しいし見た目可愛《かわい》いし、人目を気にせずささっとパクッて持って帰れてわたしはとても好きだ。ラノベ原作アニメの原作者の割りに、なかなかいいチョイス。

持って帰りづらいものや、結構なお値段張るお菓子はさすがのわたしもちょっと遠慮《えんりよ》がちになってしまうからね。ていうか、あからさまに高価な差し入れとか申し訳なくなる。そんな高いお菓子いただくと、ついつい下心を勘ぐってしまい、むしろ逆に引くまである。いや、あの、ほんと声優さんと話したそうにしているラノベ作家さん、マジでちょっとアレですから……。

何事においても適切な距離感や関係性というものがあるのだ。

例えば、マグカップに注いだこの牛乳とカステラのように。あるいは、声優のわたしとマネージャーの悟浄君のように。

……もっとも、三割も差っ引いてやがることが適切かは微妙だけど。

しかし、わたしから三割も抜いてんだから、あやつ、それなりに給料貰《もら》っているはずだ……。

兄のものが妹のものになるのは世の習い。小さい頃《ころ》はおもちゃが勝手にお下がりになったし、英語の辞書もわたしのものになった。

つまり、悟浄君のお給料がわたしのお下がりになる可能性は充分にある。ていうか普通に考えてわたしのもの。こんな格言を知っている？　お前のものは俺《おれ》のもの。俺のものも俺のもの……。

そう考えればうきうきわくわく。ローテーブルにおやつの用意をし、ついでに髪を一つにまとめて、ソファにダイブ！

剝《む》き出しナマ足放り出し、鼻歌小唄《こうた》を口ずさみつつ、カップ片手にカウチカステラでバインダーを開いた。ひらりとめくれば、そこには悟浄君の給与明細が挟んである。

今時の会社なら給与明細も電子化されているのだろうけれど、うちの事務所はまだそういう体制が整《ととの》っていないらしい。

まぁ、社員数少ないからその手の設備投資するよりこっちの方が楽でお金かかんないのかもしれないね。知らんけど。

というわけで、悟浄君のお給料はいかほどか……。オープン・ザ・プライス！　アンド・ハンターチャンス！

どぅるるるるーとドラムロールを口ずさみ、一番下の桁《けた》から指さして、いち、じゅう、ひゃく、せん、まん、じゅうまん……と数えていたら、その指がぴたりと止まってしまった。

やべぇなこれ……。

ゴールデンハンマーで殴られたみたいにタイムシ

……などと、言葉をこねくり回して現実逃避を試みたが、数字はどうにもこねくり回せない。

インディアンもミスター・ポポも、そして数字も嘘《うそ》を吐《つ》かないのだ。

ふっと虚《むな》しいため息を吐《つ》いて、わたしの支払い明細と悟浄君の給与明細を見比べる。

まぁ、悟浄君に関しては、薄給《はっきゅう》とはいえ社畜だからまだいい。

極端な話、悟浄君は社畜だから別に仕事をしなくても毎月お金が入ってくる。しかも社会保険料だって半分は会社が出してくれる神仕様。くそぅ、社畜のくせに生意気な……。

その点、声優は働かなければお金は入ってこないし、社会保険料だって全額自分持ちだ。

まぁ、当たり前といえば当たり前。

声優という職業《しょくぎょう》はいわゆるところの個人事業主というやつに分類されるのだから。

なので、わたしの明細には「給与」とは記されていない。個人事業主烏丸《からすま》千歳《とせ》に対して取引先である声優事務所ナンバーワンプロデュースが、報酬を支払ったというかたちになる。


ョック受けたよ、わたし。

おいおいお前新卒か？　っていうくらいの額しか貰ってないんですけど、あの人……。

わたしと悟浄君の月の稼ぎを合算しても三十万いかないいなんて……。

ちとせはめのまえがまっくらになった！

☆　☆　☆

リビングにわたしの声が響《ひび》いた。

「おお、悟浄君！　こんな月給とは情けない！」

しばしの間、茫然《ぼうぜん》としていたらしい。

はっと我に返ったときにはカステラをむしゃむしゃ食べ終え、いつの間に淹《い》れたのやら温かくて甘いミルクティーを飲んで人心地ついていた。人生は苦いから、ミルクティーくらいは甘くないとね……。

しかし、どれだけ現実逃避《とうひ》しても、現実はわたしを追っかけてくる。……なんだこいつわたしのファンなのか。

なぁんだやっぱりわたし大人気じゃん！

払った明細として、この紙を送ってきているわけだ。

いやまぁ、一部には事務所の社員扱いのところもあるらしいけれど。でも、ほとんど多くは個人事業主、のはず。……たぶん。知らんけど。だって、声優の友達少ないし……。

それはさておき。

個人事業主といえば、代表取締役《とりしまりやく》社長とか最高経営責任者とかマネージングディレクターとかプレイングマネージャーにも似たような甘美な響きがちりばめられていて、あたかもセレブリティな雰囲気がそこはかとなく漂っている。

けれど、その実態はといえば、すべての責任を自分一人がひっかぶることを美しく言い換えただけに過ぎない。

言ってみれば、毎試合先発烏丸千歳状態。

わたしわたし雨わたしなローテーションのうえに、セットアッパーわたし、クローザーわたし、神様仏様千歳様の継投パターン。

打順に至っては一番センターわたしに始まり、クリンナップは三番サードわたし、四番ファーストわたし、五番DHわたし、果ては九番ライトまでわたし。そのうえ、監督のわたしが、「代打、わたしや！」とか言い出す始末。なんなら球団幹部もオーナーもわたしな烏丸チトセーズ。

そんなひどい采配《さいはい》で毎シーズン戦い続けていかねばらないのが、声・リーグ。

競争相手がアホほど多いのに、勝っても後の保証がまったくない。仮に売れてもブームは一瞬《いっしゅん》で去ってしまう。その消費サイクルの速さたるやファミスタのピノくらい速い。

過酷過ぎるよ、声・リーグ……。

生きるも死ぬも自分次第。

すべては自己責任。

だというのに、まったくと言っていいほどわたしの思い通りにはならない不自由なことこの上ない我が身……。報酬は自分の願う収入には届かず、スケジュールだってプライベートの予定を立てられないほどに曖昧《あいまい》。一応事務所に所属している以上、勝手に仕事をするわけにもいかない。

ごりっごりの縛《しば》りプレイ。

その縛りに耐えたからと言って、やりたい仕事ができるわけでもない。いやいや、そもそもわたし程度だとまず仕事がないのだけれど。

おかしい……、事業主なのに……。

落ち着け、落ち着けわたし。

今一度よく考えるんだ。ごろんとソファで寝返りを打って論理的《ろんりてき》に情報を整理《せいり》してみる。

超論理的に三段論法を用いて説明するのであれば次のようになるはずだ。

『わたし、烏丸千歳は声優である』

←

『声優は個人事業主である』

←

『つまり、わたしは主』

←

『よって、わたしはマスター。略してわたマス』

以上のことから、わたしはわたマス声優だということになる。

なのに、シンデレラガールになれそうな気配《けはい》もなければ、ミリオンセラーにもライブにもまるで縁がなく、本当にわたマス声優なのだろうかと疑いたくなってくる。

悟浄君の稼ぎもやばいし、わたしの稼ぎもやばい。

今はまだわたしが学生ということもあって、親《おや》の援助をありがたーくいただきながらこのマンションに住めている。

わたしが言うことでもないが、新宿《しんじゅく》にほど近いそここいいお値段するマンションに何不自由なく住めているわたしの身分はなかなかどうしてそれなりにいいと言える。

この部屋を普通に賃貸で借りていたら悟浄君の月給手取り分は瀕死《ひんし》の大ダメージを受けて、ゲージが真《ま》っ赤《か》になるところだ。

しかし、その援助もわたしが大学を卒業したら打ち切られてしまうこと請け合い……。

……どげんかせんといかんぜよ。

決意とともに、悟浄君の明細をじっと見る。

――よし。

今度からは成城石井《せいじょういしい》じゃなく、まいばすけっとでお買い物をし、浮いたお金を自分の懐《ふところ》に入れて貯金していこうと誓いを新たにするどうも庶民派のわたしです。

さしあたって、悟浄君から貰っている生活費のうち三分の一ほど懐に入れれば……、とぽちぽち電卓で計算してみるとあら不思議《ふしぎ》！　大学生にしては結構なお金を持ってるように見えるじゃん！

などと純情な勘定をしていると、携帯電話がぶるりと震《ふる》えた。

なんじゃらほいと画面を見れば、ＬＩＮＥのプッシュ通知に『ちょっと遅くなる。飯いらない』とだけあった。

ここ最近の悟浄君はいつもそっけないというか愛想がないというか。現場でもろくに会話をしようとしない。たぶん、身内だからこそ厳《きび》しくしなきゃと思っているのだろう。好きな子ほどいじめちゃう心理ってやつだ。

真面目《まじめ》だなぁ、悟浄君。そして、わたしのこと好きすぎるなぁ、気持ち悪いなぁ。

けれど、悟浄君が頑張っていることはわたしもよく知っている。ちょっとは優《やさ》しくしてやるか……。

『お疲れ様！　お仕事頑張ってね！』

きゃぴるんと可愛い笑顔《えがお》を作って、ふりっくふりっくしながら文面を打ち込んだものの、これだけでは味気ない。文章だから笑顔見えないしな……。

なので、スタンプ代わりに、手取りがとても残念な額の給与明細をぱしゃっと撮影《さつえい》して、送信っ！

うむうむ。これで悟浄君のやる気もうなぎ上りで給与は右肩上がり。わたしは左団扇《ひだりうちわ》！　それに、人が頑張っていると、自分も頑張ろうって気分になるしで、いいことずくめ！

――よし。

明日《あす》から頑張ろう！

先月も先週も、なんなら先日先刻昨日《きのう》の今日《きょう》も思ったことを心機一転《しんきいってん》、今日も今日とて新たに誓って、わたしはごろりとソファに寝転ぶのでした。

☆　☆　☆

殺すぞ。

その一言だけを返信して、スマホをしまった。

……まぁ、確かに？

確《たし》かに、声優プロダクションのマネージャーという職業はさして稼げるものではない。いや、ぶっちゃけ稼げない。もっと上の立場、例えば統括部長だのチーフマネージャーだの役職付き、それこそ社長だとかになれば話は別だ。だが、そういったポジションにない勤続年数も短い新卒入社の平社員の給料などたかが知れている。

それでも、世に数多《あまた》ある、余人に社名を広く知られるでもない一般的中小企業、零細企業の入社二、三年の若手社員程度の基本給は貰っているとは思う。うん、いや、貰っているはず。たぶん絶対。そう信じてる。信じることに罪はないはず……。俺の月給も年収も低すぎるということはなく、中央値で考えれば一般的なはずだ。平均値の場合にはその限りではないかもしれないけれど。……まぁ、労働時間は一般的ではないかな。

この仕事はいわゆるところの九時五時的な感覚の労働環境《かんきょう》ではない。土日はほぼ毎週、誰《だれ》かしらのイベント稼働《かどう》が存在するし、映画の舞台挨拶《ぶたいあいさつ》なんて入ったりしたら朝は千葉、昼は東京、夜横浜《よこはま》、翌日名《な》古屋《ごや》、大阪、京都と東海道を行き来して関東関西をぐるぐる回ることも珍しくない。平日でもアフレコ現場によってはてっぺんを回ることもある。

そういった種々の仕事も、それなりに経験《けいけん》を積《つ》んだ役者のアテンドであれば本人に任せてしまうこともあるが、大御所、あるいは若手に関してはさすがについていないとまずい。

そんなわけで、もう十九時を回ったというのに、これから現場に向かわなければならない。裁量労働制ってほんとクソ。残業という概念が存在しないから毎日がエブリデイノー残業デー。みなし残業とはいったいなんだったのか……。

救いと言えるのは、これから向かう現場はサクサクで終わりそうなことくらいだろうか。

地下鉄で新宿から数駅行った高円寺《こうえんじ》、一見ややみすぼらしい雑居ビルの一室が本日最後の現場だ。がたがたと軋《きし》み、不安な音をたてる古ぼけたエレベーターに乗り、三階へと赴く。

そのフロアの一室には小さなスタジオがある。

普段《ふだん》アフレコが行われている音響《おんきょう》スタジオと比べればだいぶ規模は小さい。

一口に音響スタジオと言ってもその用途はまちまちだ。

アニメのアフレコスタジオであれば、作品公式サイトなどでキャストの集合写真が載っていることも多いから見たことがある人もいるだろう。あるいは、バンドの経験者で貸しスタジオを借りたことがあれば近しい想像はできるかもしれない。

そうしたアフレコスタジオ以外にも、ラジオやナレーションを収録《しゅうろく》するような小さいスタジオが多々ある。三十平米にも満たない一室にブースが一つだけみたいな小規模なスタジオが都内にはいくつも点在しているのだ。

他にも普通のマンションの一室に設《しつら》えてあるハウススタジオと呼ぶようなものもある。その手のスタジオは音響制作会社や作曲家やアーティストが所有していたり、借りていたりするが、ちょっとしたキャラソンやラジオ、ドラマCDの収録などで使わせてもらうことも多い。

大きいスタジオでいえば、劇伴、要はBGMを収録するためのフルオーケストラが入れるようなスタジオだってある。そういうところはどこぞの体育館かと見まがうほどに大きい。

もちろん、今あげた大中小すべての大きさのスタジオを取《と》り揃《そろ》え、いくつもブースを構えているところだって存在する。ロシア大使館近くのあそこなんかはその代表例だ。

さらにさらに、映像編集《へんしゅう》を請け負うスタジオにも、当然収録ブースが設置されている。

だから、まぁ、要するに、都内にはスタジオが数限りなく存在しているのだ。

どこのスタジオを使うことになるかは、音響制作会社の采配によってまちまち。忙しいときには一日で三つも四つもスタジオをはしごすることになる。

そんなこんなで本日三つ目にやって来たスタジオが、この高円寺ポップンフューチャーサウンドたらいう小さなスタジオだ。

入口で靴を脱いで、スリッパに履《は》き替《か》える。なぜだか小さめのスタジオは土足厳禁《げんきん》であることが多い気がする。

部屋のつくりはごくシンプル。扉を開けてすぐにリビングスペースのようなロビーが広がり、調整室へと至る重いドア。その調整室を通り抜けた先にブースがある。それらすべて合わせてだいたい四十平米といったところだろうか。ラジオやナレーションを収録するには充分な広さだろう。

それ故、スタジオに入ればすぐ、ロビーのテーブルで幸せそうな表情を浮かべ、お弁当をパクパクしている女性の姿も視界に入ってくる。

向こうも俺に気づいたのか、お箸《はし》を持っていない方の手を軽く上げた。お箸を持った手は卵焼きをはしっとつかみ、口元へと運ばれている。しばし、もぐもぐした後、んむっと飲み込むと、明るい笑顔《えがお》を見せた。

「おー、悟浄君やん。おはよう」

挨拶のイントネーションは関西弁。ふわふわしたセミロングの茶髪とゆるめのパーカーという格好も相まって、気さくな雰囲気を抱かせる。

片倉京《かたくらこと》。弊社《へいしゃ》ナンバーワンプロデュースの声優だ。

「おはようございます。弁当持ってきたんですか？」

向かいの椅子《いす》を引いて座ると、片倉さんは小さな弁当箱を自慢げに見せてきて、ぐいと胸を張る。

「せやでー、お金ないからなぁ」

ケラケラとなんでもないことのように笑っているが、片倉さんのおおよその稼ぎを知っている身としてはいまいち笑いづらい……。

幸せ笑顔でお弁当をつついている片倉さんをまじまじ見ていると、不意に目が合う。片倉さんが口元に箸をやったまま、きょとんとした顔で小首を傾げる。が、すぐになにかに思い至ったらしい。

「はっ！」

言うや否や、しゅばばばっと弁当箱を隠し、俺をじっとジト目で見る。

「……あげへんよ」

「いりません……」

俺も外回り続きでしっかり食事をとったわけではないが、それでも、今の片倉さんからなけなしのおかずを取ろうとは思わない。

すると、片倉さんは「なーんや」と安心したよう

に息を吐くと、今度は小さく握られたおむすびをはむはむへけへけし始める。

「そしたら、なに？」

「いや、うまそうに食うなと思って見てただけです」

「それな！」

親指でぐいっと口元を拭《ぬぐ》うと、片倉さんは俺をびしっと指さす。

「や、ちゃうねん。バイト十七時までのはずやってんけど、代わりの高校生がなかなか来んくてなー」

なにがちゃうのか全然わからん……。そのちゃうちゃうちゃうちゃうちゃうちゃうんちゃう？　くらいわからん。戸惑うこちらをよそに片倉さんは時にもぐもぐし、時にはむはむし、話を続ける。

「おかげでめっちゃお腹《なか》減ったわ。だから今食べよ思て。……収録中、お腹鳴ったら恥ずかしいし」

恥ずかしそうに一言付け足した。

「まぁ、どこの現場でもみんなお腹鳴らしてますからね」

言うと、片倉さんはお茶をこくこく飲みながら、うんうんせやせやとばかりに頷《うなず》いた。

実際、ガラスの向こう側、調整室の方へ入ると、いろんな音がめっちゃ聞こえてくる。お腹の音どころか、台本が擦《こす》れるペーパーノイズやブーツの足音のような微細な音までマイクは拾うのだ。

収録中はもちろんだが、休憩中もマイクは生きていることが結構ある。だから、原作者への悪口とかも拾ってしまうので気を付けてほしい。ほんとに。

「ごちそうさん」

ぱんっと手を合わせると、片倉さんはささっと手早く弁当箱をしまい始める。

「わざわざ弁当作るなんてすごいですね……」

「一人暮らしも貧乏暮らしも長いから、いい加減慣れただけよ。そんな大変なもんでもないしな」

少し照れたように片倉さんは笑う。だが、ちらっと見た感じ、そのお弁当は豪華さこそないものの、くるくる綺麗《きれい》に巻かれた卵焼きや、いい具合につやが出たきんぴらゴボウなどからは確かな技量が感じられた。

親元を離れてそれなりに歳月の経《た》つ俺だが、一向に料理の腕は上がらない、というか、そもそも自炊をしようとする時間も気概もない。それを考えれば片倉さんの料理の腕は称賛に値する。……いやまぁ、若い女性の手作り弁当できんぴらゴボウってどうなんだろうって気がしなくもないけど。

「謙遜《けんそん》するようなことでもないんじゃないですか。結構手間暇かかってるように見えたし」

「そ、そう？　そんなアレでもないけど」

片倉さんはふわふわの髪の毛をくしゃくしゃと指先で丸めながらそっぽを向く。かと思えば、今度はごほんごほんと咳払《せきばら》いをし、ふっふっふっとやけにわざとらしく笑い始める。

「なかなか見る目あるやんか。違いのわかる男やね。確かに、悟浄君の言うとおり、このお弁当は暇で手間のかかる京ちゃんが作って……ってこらー！　誰が仕事なくて手間かかる面倒《めんどう》な女やねん」

「そんなこと言ってないんだよなぁ……」

ばしっと軽く胸をはたかれる。照れ隠しなのかなんなのかよくわかんねぇな……。

「まぁ、暇だからやるってもんでもないですからすごいと思いますよ。うちの妹だって暇だけど家事なんもやらんし」

「あー、まぁ、若い子はしゃーないんちゃうかな。ほら、言うやん？　亀《かめ》の甲より年のこ……こらー！　誰がアラサーやねん！　うちか！　……うちやな。うん、うちやわ」

片倉さんの声は後半ほとんど聞き取れないくらいに小さくなっている。

年齢《ねんれい》のことを自分から言い出して、勝手に落ち込むのやめてほしいなぁ……。

関西出身だからなのか、それとも彼女自身の個性なのかは判然としないが、片倉京はなかなか独特のノリだ。

それが面白《おもしろ》いかどうかはさておき、可愛げやインパクトはある。……うん、まぁ、面白いかどうかはさておきね？

今後はもっと、片倉さんの個性を生かした仕事を模索していくべきなのだろうか……。

ともあれ、まずは目の前の仕事だ。

「そろそろはじめまーす」

音響制作の担当さんが調整室からてくてくやって来て一声掛けてくる。

「はーい。よろしくお願いします」

片倉さんは台本を手に立ち上がると、調整室へと向かう。俺もそれに続いた。

「よろしくお願いします！」

スタッフの方々に元気よく挨拶しながら、片倉さんがブースへと入っていく。

今日はアクションゲームのボイス収録だ。それも、片倉さんがやるような端役だと、立ち会うスタッフの数もさして多くない。音響監督とゲームのディレクター、ミキサーくらいのもの。他《ほか》には、なにをやっているのかわからない人、おそらくはプロデューサーだかライターだかが一人二人《ひとりふたり》、入れ代わり立ち代わり入ってくる程度だ。

その調整室で俺も収録を見守る。

ミキサー卓からはブース内を覗《のぞ》ける小窓がついている。ちょうど片倉さんがマイク前に座るところだった。ブース内の席につくと、小さな机にプリントアウトされた台本を広げている。

「では、キャラのチェック、一枚目からいきまーす。キューランプついたら自分のタイミングで始めていただいて大丈夫でーす」

音響監督がトークバックを介して、片倉さんに指示を出すと、ガラスの向こうの片倉さんが頷きを返す。

『はい、よろしくお願いします』

スピーカーを通して片倉さんの声が響く。集中するためなのか、浅く深呼吸する息遣いさえもマイクは拾って届けてくる。

「では、回していきまーす」

音響監督が手元のボタンを操作《そうさ》すると、ブース内のキューランプが点滅する。

片倉さんが一度、すぅっと小さく息を吸った。

『えい！』

『やあ！』

『とあ！』

『ぶるわあ！』

そんな叫び声がひたすら響いてくる。

ゲームボイスの収録はたいてい一人で演じるもの

だ。中には某有名RPGのように、アニメさながらにキャストが揃って収録することもあるらしいが、そういうタイトルはごく一部だ。

　だいたいのゲーム収録の現場はこんな風にちょっとシュールな光景が見られることになる。

　RPGやノベルゲームのように、シナリオが存在している場合には、キャラクター性を鑑《かんが》みて云々《うんぬん》シナリオの文脈が云々などと言いつつ、スタッフ側《がわ》が注意して聞くものだが、アクションゲームだと正直なにを基準にオーケーを出すのか微妙な気がする。特に、今片倉さんが演じている汎用《はんよう》武将のエディットボイスみたいなものならなおさらだ。

　なので、ガラスのこっち側もふんふんと頷き、うん、まぁそうねって感じの雰囲気だ。……みんな、慣れてるからね！　良いか悪いかは経験を通じてわかるからね！

　逆に言えば、その雰囲気を把握するために、俺たちマネージャーが収録に同席しているという側面もある。

　芝居の良《よ》し悪《あ》しの判断はタイトルの方向性やディレクションをする人によって変わってくる。

　そうした匙《さじ》加減について、スタッフ側の反応を見るのも、俺たちマネージャーの仕事の一つだ。

　現場がどういったニュアンスを必要としているのか、肌感覚で理解し、役者にアドバイスができるようにしておくのだ。……まぁ、すべてのマネージャーがそういうことをしているかはまた別の話。ただ、俺はそうしているというだけのこと。

　収録の仕方も仕事の仕方もタイトルによって、人によって違う。たった一つの正解というのが存在しない。前の現場で当たり前だったことが次の現場では通用しないなんてことも珍しくない。

　だから、できることは経験値を上げ、どんな現場でも対応できるようにすることだけだ。

『どうやら私たちの方が優勢のようですねぇ〜。それではさらりと片づけてまいりましょうか』

　テストの後、本番が始まり、片倉さんが最後のセリフを読み終えると、音響監督がトークバックをぽちと押す。

「はーい、お待ちくださーい」

くるりと、椅子を回してスタッフ側に振り返り、収録した一連の箇所を確認していく。

スタッフ側からいくつか出た修正を取りまとめている間、ガラスの向こう側の片倉さんは水を飲みながら、こっちを気にするようにちらと窺《うかが》ってくる。

俺と目が合うと、おどけたように小さく手を振ってきた。そういうのちょっと恥ずかしいからやめてほしいな……。

そうこうしているうちに、リテイク箇所が出揃い、音響監督がまたぞろトークバックをぽちーとやる。

「お待たせです。すいません、二枚目、最後。セリフ部分ですが、ちょーっとイントネーションなまっちゃったみたいなんで……」

『あー！　すいません！』

片倉さんは、謝《あやま》るイントネーションがすでに関西っぽくなってしまっている。それを聞いたディレクターらしき人がふむんと頷いた。

「へー。関西の子なんだね」

などと、雑談を始めるスタッフ陣の会話に耳を澄ましているうちに、収録は滞りなく進んでいった。


本日の片倉さんの収録ワード数は五十前後。

拘束時間はだいたい三十分程度。グッダグダの現場だとこの倍はかかることもあるが、今日のスタッフも片倉さんも慣れているので、進行はサクサクだ。

音響監督の「はい、いただきましたー。お疲れ様ですー」の声を合図に片倉さんがブースから出てくる。挨拶を済ませて、ささっと退散。俺もその後に続いてスタジオを後にした。

エレベーターを降りて、駅まで向かう間、片倉さんは俺の横に並んでてくてく歩く。

「お疲れさん。どうやった？」

いよっとバッグを背負い直しながら、片倉さんが尋ねてきた。

「まぁ、問題はないんじゃないですかね」

自分が聞いていた片倉さんの芝居、それとガラスのこっち側の反応を思い出しながらそんなことを言った。すると、片倉さんが露骨《ろこつ》に不満げに膨《ふく》れっ面《つら》になる。俺より年上の割りに、こういうリアクションは妙にあどけない。

「冷たいなー。もっとなんかないん？」

そう聞かれてしまえば、こちらも真剣に答えるしかない。

「いや、ほんとにそれらしい問題はないと思います。しいて言えば問題ないことが問題というか……。技術的に求められてる水準はクリアしてるし、修正能力も高い。欲を言えば、どれだけ印象残せるかになってくると思いますが、今回みたいな汎用系のエディットボイスはむしろ無個性さが必要とされたりするから判断がつきづらいですね。そのあたりはゲームに落とし込んだときの画面演出やユーザの心理状況に左右される部分も大きいですから、情報量の総和で考えるしかないですけど、少なくとも現場の声のイメージだけなら印象は良かったんじゃないですか」

「ながっ！　話ながっ！　校長先生か」

「そっちが聞いたんですけどね……」

ばしっと肩をはたかれて、顔をしかめていると、片倉さんは楽しげにころころ笑う。

「まぁ、けど、参考にはなるかな。女同士やとそういう話あんませんし」

「そういうもんですか？」

「そうやね。まだ養成所おった頃とかは結構話したりもしたけどなー。現場出るようになったらあんませんようになったわ」

肩の凝《こ》りをほぐすように軽く首を回すと、片倉さんは懐《なつ》かしむように呟《つぶや》いた。

確かに言われてみれば、女性声優同士で芝居がどうとか演技論がどうとかいう話をしている姿はあまり見た覚えがない。一方で、男性声優同士だとデビューしてそれなりに経っても飲みの場で熱く議論を交わしたりもする。まぁ、別にそれをもってして男性声優が真面目だとかそういう話ではなく、単純な文化の違いととらえるべきだろう。

往々にして、女性の会話は共感をメインにしがちで、男性の場合は競争《きょうそう》意識が働きやすい、というだけのこと。いや、もちろん個人差があるけれども。

自分が声優をやっていた頃にはあまり気にしていなかったことだな……と思っていると、片倉さんが不意に笑った。

「……なんですか？」

聞くと、片倉さんは口元に手をやり微笑《ほほえ》みを抑えると、いやに温かな眼差《まなざ》しを向けてくる。

「いやー、悟浄君、もうすっかりマネージャーさんなんやなぁと思って。昔は同じ現場におったのに不思議。なんかおかしいわ」

「俺もまだ違和感ありますよ」

つい苦笑を返してしまう。

金魚鉢の中にいた頃には見えなかった光景に戸惑うことは多い。音響の現場だけでも数多くの人が関《かか》わっていることを事実としては知っていても、どこかで実感がなかった。

この業界、奥が深いし、闇も深い。

なのに、世間は狭い。

声優をやめた後も、またこうして片倉さんと仕事をしているのはなかなかに不思議な感じがする。

その感覚は片倉さんも同様なのだろう。お互い抱いた違和感を整理するように、片倉さんが小さく咳払いをした。

「えっと、もう烏丸さんって呼んだ方がいいんかな?」

「別に変えなくていいですよ」

「んー、それもなーんか……」

言いながらほけーっと夜空を見上げた片倉さんがぽんと手を打った。

「あ、間とってゴジョーさん、とか。妹ちゃんも同じ事務所なんやし」

「千歳のこと知ってたんですか」

意外だ……。いや、意外でもないか。ゴミカス新人のくせに声優業舐《な》めきっている奴《やつ》がいると悪い意味で注目されていてもおかしくない。大丈夫かな、うちの千歳ちゃんの評判は……と、ちょっと心配しながら片倉さんの反応を窺う。と、片倉さんは俺の視線《しせん》にふむんと首を傾げる。

「そらまぁ話くらいは聞いとるよ。おうたことはないけど」

良かった……。このまま千歳の悪口大会に移行したりしたら、俺もノリノリで参加して優勝しているところだった。そんな安堵《あんど》が吐息とともに出てくる。

「まぁ、現場で会ったら仲良くしてやってください」

言うと、片倉さんはけろりとした顔で口を開く。

「当たり前やん。現場では誰が相手でも仲良うするよ」

「その返答、闇が深くないですかね……」

上っ面だけは、みたいな言葉が省略されてそうな雰囲気に恐れおののいていると、片倉さんは冗談冗談とばかりに笑う。

だが、すぐにその笑みを抑えると、冷めた表情で足元を見た。

「うちより若い子、がんがん入ってくるなぁ……」

ふと口にした呟きは、声こそ小さいが、聞き流してしまうには、あまりに大きな意味を孕《はら》んでいる。

ただ、それに返すべき言葉が思いつかなかった。

適当なことを口にして、励ますのは簡単《かんたん》だ。けれど、その言葉になんの意味もないことは俺自身が理解している。おそらくは片倉さん自身も。

「うしっ、頑張ろ」

やがて、短い沈黙《ちんもく》を打ち切るように言うと、片倉さんはびしっと敬礼を決める。

「そしたらうちこっちやから。お疲れ様でした！」

「……ええ。お疲れ様です」

ぺこっと一礼して、改札を抜けていく片倉さんを見送り、俺は逆のホームへと向かう。

ほどなくしてやって来た電車に乗り込み、扉近くに陣取った。ゆっくりと走り始めた電車に揺られながら、ふと考えてしまう。

声優、特に女性声優の活躍《かつやく》サイクルは速い。

新人、いわゆるジュニアと呼ばれる期間にある程度の実績《じっせき》やクライアントへの印象を残さなければ、その後継続的に仕事をしていくのは厳しい。

極論、声を出して演技をする、というのは誰にでもできてしまう。その技量の差はもちろんあるが、可視化、数値化されづらい、ある種の芸術系スポーツと似たような難しさがそこにはある。

だからこそ、目に見える実績、あるいは人に与える印象が重要になってくる。技術的にまったくダメでも、「味がある」や「これはこれでリアル」みたいな謎の評価を受けて起用されることだってあるのだ。

なので、技術以外の面、つまりは自身のポジショ

ンや個性を確立していくことが必要になってくる。

それがなければ、上位互換、下位互換、代替品はいくらでもいるのだ。

否。

声優だけではない。正しくは業界のほとんどが歯車だ。

極端な話、例えば一部の有名監督、有名声優、有名原作者、あるいは一部のプロデューサー。そうしたごく少数の特別な人間以外は代替可能な存在だ。

そんなわけがない。誰もが個性を持ってアニメづくりに参画している！　と言いたくても言えない現実がある。

少なくとも、俺はそうだった。いや、今もそう思っている節がある。

かつて存在した烏丸悟浄という声優も、今現在存在する烏丸悟浄という声優事務所マネージャーも、いなければいないで誰かがそのポジションについて、きっとうまく回ってしまうのだ。

やがて、地下鉄は俺の最寄《もよ》り駅へと向かい、緩《ゆる》やかに減速を始める。足元がぐらつくような震動を確かに感じながら、ドアの前へと移動した。

正面のガラスに映るのはひどく疲れた自分の仏頂面。

オンリーワンにもセンスオブワンダーにも程遠い。その真実に気づいて、それでもなお踏みとどまれるか。

ガラスに映った自分が、昔のように問いかける。その問いの答えは今までもこれからも付きまとうのだ。

――嫌なことを思い出した。

そういうときは軽く酒を飲んでさっさと寝てしまうに限る。

かつかつと革靴を鳴らして、駅の階段を上ると、通りに出てすぐのコンビニで発泡酒とつまみをかごに放り込んでいく。

三本目の五百mℓ缶を手にしたところで、自分の稼ぎに思い至り、こそっと棚に戻した。

烏丸家の懐事情は厳しいのだ。俺の稼ぎも相当にあれだが、過酷な女性声優業界に身を置く我が妹、千歳の行く末も不透明。

兄としてもマネージャーとしても、どうにかかせねばなぁと思いつつ、会計を済ませて、コンビニ袋を提げて自宅マンションへと続く道を歩く。

まだまだ新人の千歳だが、下の世代の子たちが出てくるようになる日はそう先の話ではない。そのときまでに、千歳が自分の道を選《えら》べるようにしてやることが俺の役割だろう。

そんなことを思いつつ、玄関を開ける。

「お、悟浄君おかえりー」

リビングからはふんふんと鼻歌交じりの声が聞こえてくる。

「ただいま」

言いながら、リビングのドアを開けて絶句した。

千歳がソファに寝転び、マンガを読みながら足をパタパタさせている。それはまぁいい。ちょっと可愛らしいからな。

問題は部屋の惨状だ。

ちらとテーブルに目をやれば、開かれた様子のない台本とチェック用のＤＶＤが放り出されている。

その近くには飲みかけのマグカップとカステラの残《ざん》骸《がい》が放置されていた。お兄ちゃん、思わずため息がこぼれてきちゃうよ。

が、そんなクッソでかいため息を吐いても、千歳はどこ吹く風の平気の平左。てとてと歩み寄ってきて、コンビニ袋の中を検《あらた》め始める。

「コンビニ寄ってきたんなら、アイスかなんか買ってきてくれれば良かったのに……」

言いながら、千歳が鮭《さけ》トバの封を開け、一つ口に放り込む。あむあむと噛み締める姿は非常にのほほんとしてらっしゃる。それを見ていると、さっきまで考えていたことが口を衝《つ》いて出てしまった。

「千歳ちゃん、ちょっと聞きたいんだけどさ、君、危機感ってある？」

「……は？」

怪訝《けげん》な顔で首を捻《ひね》る千歳ちゃん。が、やがてなにかを思い出したように手を打った。

「あ、あるある！　めっちゃある！　さっきさ、八《や》重《え》とＬＩＮＥしてて聞いたんだけど、転用料っていうのがあるらしいんだよ！」

千歳は俺の手を取り、ソファへと引っ張っていくと、いそいそ支払い明細を取り出して見せてくる。

「でもね、明細にはそれが書かれてないの！　やばくない!?　わたし、騙《だま》されてない!?　これちゃんと払われるのかなぁ……」

渋い顔しながら鮭トバを齧《かじ》る千歳ちゃん。ああ、危機感ってその手の危機感……。

「そういうのじゃなくて、この先のこととか将来とかが聞きたいんだが……」

言うと、千歳ははてと首を捻るが、やがて真面目くさって咳払いすると、俺の向かいに正座した。軽く唇を噛むその表情には憂《うれ》いが浮かぶ。

「わたしだって先々のことについては確かに多少ちょっと不安なこともあるよ？　……でもね？　今は足元をちゃんと見る時期だと思うの」

「ほう。足元を」

なんだこいつ、もしかして意外にちゃんと考えているのか。などと、感心しかけた矢先、千歳はぽんぽんと支払い明細を指さす。

「そう、足元。まぁ、足元というか、お足についてというかおぜぜについてというか」

言いながら千歳は正座を崩して胡坐《あぐら》をかくと、すっとまるで菩薩《ぼさつ》のようなポーズをとった。指先はオッケーウフフ☆と言い出さんばかりだ。

あ、うん。転用料にまだこだわるのね。

「その辺はあとで説明するからちょっと待て……。その前にお前は声優として足りないものがある。なにかわかるか」

コンビニ袋から発泡酒を取り出し、テーブルにとんと置く。じっと千歳を見つめると、千歳は顎《あご》に手をやり、うーんと考えてから小さく挙手した。

「……収入？」

「う、うん……。まぁ、それはそうなんだが」

おいおい、こいつ我が妹ながらほんとメンタルだけは強ぇな。呆《あき》れるのを通り越して普通に軽蔑《けいべつ》したぞ……。

「それだけでなくて、収入に繋がってくる仕事のために必要なものがまず欠けてる」

まだ酒も飲んでないのに痛み始める頭を抱えて、俺はさっそく一本目の発泡酒を開けた。

☆　☆　☆

昨日の夜はひどい目にあった……。

気づけば、悟浄君からたっぷりお小言をもらういつものパターン。曰《いわ》く、声優烏丸千歳に足りないのは技術とか情熱《じょうねつ》とか向上心とかプロ意識《いしき》とか危機《きき》感《かん》とかいろいろ並べ立て、最終的には速さが足りないということらしい。なるほど、わからん。

それにしても、なぜああもくどくどとお説教ができるのか。くどくどどころか、最後はわふーわふー言ってたまである。しかも、一生ため息吐いてたし。

ああいうのほんとやめてほしい。二人暮らしなのに機嫌悪いとか最悪過ぎる。

などと、口にしてしまえばまたぞろ悟浄君から小言が飛んでくるのは目に見えていたので、賢《かしこ》いわたしはただ態度で示すだけにしておいた。

換気扇の前で缶ビール片手に煙草《タバコ》を吸う悟浄君を鬱陶《うっとう》しそうに見ていたし、比較文学のレポートはキータッチをがったがった言わせながら書いた。ついでに、家を出るときはトドメとばかりに普段の五割増しの力でドアを閉じた。

これならさすがの悟浄君もわたしに気を遣うだろう。ふふふ、女子高育ちのわたしは非言語コミュニケーションのプロなのだよ……。

プロのわたしはアフレコ現場にだって、私情を持ち込んだりはしない。

もしかすると、現場に悟浄君が現れるかもしれないけれど、妹としてではなく、一声優として他人《たにん》行儀《ぎょうぎ》に振る舞おうと心に決めているプロ意識の高いどうもわたしです。

そんなこんなで今日も数少ないお仕事へやって来るわたし。

そして、今日も今日とて、地蔵タイムで空気と同化し、ワンワードとなんとなくなガヤでギャラ泥棒《どろぼう》なわたし……。

相変わらずのモブ・オブ・ザ・モブなので、現場に馴染《なじ》んでいる感はいまいちない。

アフレコが終わると今日イチ大きい声で挨拶をして、そそくさとブースを後にした。ミキサールームへも顔を出し、お別れのご挨拶を済ませて、ロビーにやって来ると、ようやく解放された気分になる。

なぜなら、そのロビーには八重《やえ》がいるからだ。

「ちーちゃん、お疲れ様ぁ」

八重はゆるゆるしたカットソーにジーンズを合わせたその格好も相まって、なんともほんわかした雰囲気を醸《かも》し出《だ》している。おかげでだいぶ癒《いや》された。

「お疲れ、八重」

挨拶を返してふはぁとため息を吐く。

別に疲れるほど仕事をしてはいないのだが、どうも気疲れしているらしい。

どうにも胸を張って「仕事しています！」と言えないので、現場にいるだけで気を遣ってしまうのだ。なかなかどうして小物なわたし。わたしくらいの小物ともなると、もはや小物界の大御所と呼べそう。

現場の皆さんは前途あるクソモブにもっと優しくすべきなのでは？　皆さんクソモブ時代にアフレコ現場で辛い思いをしたのなら今ここでわたしに温かく接することで負の連鎖《れんさ》を断ち切るべきなのでは？

などと、思いはするものの、その感覚を共有できそうなのが、同程度の魂ランクの八重しかいない。

同類相哀れむというやつだろうか。仕事ない人同士がつるむのがこの業界の定石だ。

というか、あれだな。自然、自分と同じくらいのレベルの人たちとつるむようになるのは、学校でも会社でも同じかもしれない。

いろんな意味で友達っていいなぁ。こう、気持ちを分かち合うっていうかね！　こいつもダメだからわたしも安心、みたいなね！　サンキュー八重！　アイラブ八重！

「んじゃ、ご飯いこっか」

「うん」

気持ちが軽くなったので、いつもの通りウキウキで食事に誘い、八重を重くしに行くことにした。

スタジオを出て、てくてく歩くことしばし。

以前にも来たことがあるオサレなバルでエルダーフラワーソーダを一気飲みした。

「えっと、フードのオーダーを……」

と、メニューに伸ばしかけた手を、八重にがしっとつかまれた。

「ちーちゃん……」

「一応言っとくね。私、まだダイエットしてるの」

「ほう……」

相槌《あいづち》を打ちつつ、目を細めて八重の肢体をじっくりとっくり眺めまわす。ダイエットしているという割りに効果はあまり出ていないようだが……と思っていたのを、視線から感じ取ったらしい。八重は恥じらうように頬《ほお》を染め、胸元を掻《か》き合《あ》わせると身体《からだ》をよじって顔を逸《そ》らす。

「き、昨日からまたしてるのっ！」

「あ、そう……」

悟浄くんの禁煙みたいなものかな……。うちの悟浄君ももう何十回と禁煙に成功しているからね！

ともあれ、友人の頼《たの》みとあらば力を貸すのもやぶさかではない。わたしは八重の肩に手をやり、にこっと微笑む。

「わかった、八重。わたしも協力するよ」

ぱあっと八重の顔が輝《かがや》く。

「すいません、このTボーンステーキっていうのと、アンチョビポテト、それからボロネーゼとマルゲリータ。あと、アヒージョ。食後に季節のシャーベットとジェラート三種お願いします」

オーダーを取りに来てくれた店員さんに手早く注文を伝える。

すると、八重の顔がどんよりと曇《くも》った。わなわなと震えている八重の口元にそっと指を当て、安心させるようにゆっくりと首を振ってみせた。

「大丈夫だよ。八重の分、わたしが半分食べてあげる。シェアしよ？　そしたら、量もカロリーも半分こで二倍食べられるよ。……つまり計算上、四倍食べることができる」

わたしが右手と左手にそれぞれVサインを出して、いえーいぴーすぴーすにばいにばーいとアピールしてみせると、八重がはてと小首を捻る。

「えっえっ、……え？」

八重は混乱しているのか、わたしと同じように両手にぴーすで目をぐるぐる回し始めた。

やはりな。

昨日から何日かぶり何度目かのダイエットを始めたということは、今この瞬間相当お腹が減っているに違いない。糖質《とうしつ》をカットした結果、なんだか頭が回っていない気分になっていることだろう。

そんなときに響いてくる「シェアしよう」とかいう提案。そう言われて断れる腹ペコ女子などいない。さぁ、心の枷《かせ》を解くがいい……。

わたしの放った魔法《まほう》の言葉に八重の身体がぐらつき始める。こうかはばつぐんだ！

「ううっ……じゃ、じゃあちょっと貰うね」

ふっ、落ちたな……。

わたしとて、伊達《だて》に中高六年間を女子高で育っていない。女同士の足の引っ張り合いは得意中の得意。ありとあらゆる手練手管と甘言讒言《ざんげん》を用いて、友達のダイエットを阻止することこそが女の友情。

心せよ。得てして、人を堕落させる言葉は聞こえがいいものなのだ……。

美味しいご飯と美味しいご飯、美味しいご飯が待ってるだろなと適当な小唄を口ずさみつつ、運ばれてくる料理に舌鼓《したつづみ》を打っていると、昨日の悟浄君のお説教のせいでダークネスになっていた気分も晴れやかになってきた。

ストレスが溜《た》まったときは食べるに限る。主に八重が。八重、三度の飯より飯が好きだからな。結果、一日四回食べてるからな。知らないけど。

結局、八重も目の前のご飯の誘惑には勝てず、ちょっと貰うと言いながらピッツァとパスタをペロリと平らげていた。

八重を肥やすことにほの暗い喜びを覚えながら食べるご飯は非常に美味しく、わたしも八重も満足感を味わえてＷｉｎ－Ｗｉｎな関係と言える。

人を堕落の道に誘うのって気持ちいいなぁ……。

落ちていくときもみんな一緒だと安心感があるし、誰かがそこからさらに落ちていくともはや幸福感じるまであるよね！

「うん、満足した」

食事の締めに、俺たちの満足はこれからだと言わんばかりにジェラートを堪能していると、八重があっと思い出したように口を開く。

「そういえばね、今日、河口《かわぐち》さんから教えてもらったんだけど」

「河口さん？　誰？」

「いっ、一緒にいたよぉ！　共演者だよぉ！」

「ほう……。何役の人？」

「えっと……。女子生徒、だけど」

ほーん、じゃあわたしたちと同じように、番レギュで呼ばれてる人かな。いまいち覚えがないけど。

「で、その河なんとかさんがなんだって？」

「河口さんだよぉ！」

ぷりぷり怒りながら八重はバッグからなにか取り出した。

「あのね、これ、一緒に行かない？」

八重が差し出してきたのは謎のＡ４用紙だ。そいつを受け取ってなんじゃらほいと目を通す。

ふむ？

「わーくしょっぷ？」

「うん」

ちらと八重に視線をやると、八重はにこにこ微笑みを浮かべている。

ワークショップってなんだろう……。作業着とか売ってそうだし、仕事ワクワクしそう。ついでに住み慣れた我が家で幾三《いくぞう》が歌ってそう。いや、それはリフォームする方だな……。

「ふーん、ワークショップねぇ……」

ワークショップってなに？　とは聞けない気位だけは無駄に高い、どうもわたしです。

そんなわたしの気持ちを知ってか知らずか、八重はのほほんと、ワークショップの話を続ける。

「勉強になるよーって言われて。良かったらちーちゃんも一緒に行かない？」

「……うーん、行けたらね」

行けたら行くとかいう万能の回答で誤魔化《ごまか》しつつ、そのＡ４用紙を隅から隅まで読み進めた。

そこから得た情報に加え、八重の発言から類推するに、どうやらワークショップというのは、ざっくり言えば勉強会とか研究会的なイベントのようだ。

「八重はワークショップ行ったことあるの？」

「ううん、ないよ。でも、いろんな人と知り合えるし、今回のは音響監督さんが主催だからスキルアップにもなるんだって。人脈も広がるよって言ってた」

「へぇ……」

人脈かぁ。……いい言葉だな！

金脈や鉱脈にも似た響きがあって、それさえあれば、会う人みんなお金に見えてくる素敵《すてき》ワード。今やわたしの好きな言葉ランキング初登場一位。

おいおい、わたしが人脈なんて手にしちゃったら鬼に金棒どころかセーラー服と機関銃じゃん。機関銃さえあればどんな声優だって倒せちゃうよ、物理的に……。

そんな素敵イベントに誘ってくれるなんて、八重はいい子なの？　わたしならそんなお得な情報独占してるよ！　共有するって素敵！　持つべきは有益な話を分かち合う友！　優しさのお裾《すそ》分《わ》けをしてくれるなんて、この子の正体は『ペイ・フォワード』主演ハーレイ・ジョエル・オスメント君なのでは？

はっ！

いけないいけない……。人を堕落させる言葉は聞こえがいいものだってさっき自分で思ったばかりだぞ……。

そうやって言葉巧みにわたしを誘って、あんなことやこんなことするつもりなんでしょ！　悟浄君の持ってるエロ同人みたいに！　エロ同人みたいに！

わたしは人の悪意からの言葉はほぼ百パーで受け取るが、善意からの言葉はまったく信じないことにしている。

なんの見返りもなく、美味しい情報を与えるなど考えられない……。

つまり、八重はまだなにか隠しているに違いない！

「八重は黒いなぁ……」

「黒っ!?　く、黒くないよぉ！」

八重が両手をぶんぶん振って、否定する。その必死さが怪しい……。なにを隠しているのかしらと、もう一度ワークショップのお知らせプリントをじっくり読み返す。

すると、意外な落とし穴を発見してしまった。

参加費一回五千円……。三時間十回コース。なんだよ、金とんのかよ……。

さては、狙《ねら》いはこっちかと、真向かいに座る八重に射貫くような視線を向けた。

「八重はわたしを紹介すると、何パー入ってくるの？」

「ま、マルチじゃないよぉ！」

はわはわ言いながら憤慨《ふんがい》する様子は緑髪のちょっぴりドジなメイドロボみたいな感じで、あたかもマルチって感じ丸出しだ。

ますます怪しい。普通の女の子がこんなあざとい行動をとるはずがない……。

「その、私はちーちゃんと一緒に行ければなって思っただけで……」

困ったように指を組んでとつとつと拙《つたな》い言葉で言い募る八重を、わたしはなおもじーっと見る。

すると、その圧力に屈したのか、やがて八重はこそっと目を逸らした。

「あ、えっと……。知らない人ばっかりだと、ちょっと心細いから、……ちーちゃんがいてくれたらなって、思ったんだけど」

八重はわたしの反応を窺うように、不安げな眼差しをちらと向けてくる。

拗《す》ねたような唇はぽしょぽしょとウィスパー気味にけなげな言葉を紡ぎ、細い指先がほんのり染まった頬を掻く。わたしの視線から逃れようと身体はよじっているのに、上目遣いの濡《ぬ》れた瞳《ひとみ》はわたしをとらえている。

やっぱり八重は黒だし、犯人はヤス。そういう可愛いお願いの仕方は男子になら通じるのだろうけれど、……わたしにも通じてしまうんだなぁ、これが。

ふっと短いため息を吐いて肩を竦《すく》めると、わたしは手を伸ばして、八重の頭をぽんと撫《な》でる。

「まぁ、いいや。試しに一回だけわたしも行くよ」

「ほんとに？」

「うん」

「ありがと！　ちーちゃん！」

八重は安心したようにほわっとした柔らかい笑みを浮かべる。まぁ、頼りにされるというのは悪い気分ではないな。

「んじゃ、そろそろ帰りますか。このプリント貰ってっていい？」

ぱぱっと手早く荷物をまとめながら聞くと、八重も同じく帰り支度を整えつつ、ぐっと拳《こぶし》を握って力強く答える。

「いいよ！　ちーちゃんの分も貰っておいたから！」

「ありがと」

……しかし、こいつ、わたしの分まで貰っているということは、わたしが河なんとかさんに誘われないこと前提で動いているのでは？

そんな疑問を抑え込みつつ、さくさく会計を終えて、店の外に出るともう結構いい時間だ。駅で八重と別れて、電車に揺られることしばし。

八重から貰ったワークショップのプリントをもう一度見てみた。

まぁ、わたしもなにかしらはしなければ、とは思っていたのだ。どう考えたって今の日曜大工《にちようだいく》さながらの週休六日のままでいいはずがない。収入的にも将来的にも自尊心的にも。

このワークショップとやらに行けば、わたしに足りないものというのが手に入る気がする。

そう思うと、悟浄君の待つ自宅へ向かう足も軽くなるってなもんよ！　ダッシュで帰ると、勢いよく玄関ドアを開ける。

「ただいま！」

「お、おう……。おかえり」

リビングへ飛び込むと、家着のジャージ姿の悟浄君がソファに腰かけ、ぽかーんとしていた。その油断が命取り！

「悟浄君！　わたしに足りないものがなにかわかったよ！」

悟浄君の隣に座ってそう言うと、悟浄君は、はてなんの話やらと一瞬眉根《まゆね》を寄せる。が、すぐに思い至ったのか、ふっと苦笑した。

「ほう。ようやく気づいたか」

悟浄君がわたしに向き直る。思いのほか、まっすぐな眼差しには試すような色合いが強い。

それでも、すでに答えを手にしたわたしが怯《ひる》むことはない。だから、真っ向から見つめ返し、胸を張って言ってやった。

「もうばっちり気づいたね。わたしに足りなかったもの、それは……、人脈！」

「違うんだよなぁ……」

悟浄君が肩を落として深いため息を吐く。……その態度はちょっとカチンとくるぞ。

「や、違くはないでしょ。わたし、人脈全然ないし知り合いとか超少ないし」

「お、おう。そうか……」

どうやらわたしの理路整然とした反論にぐうの音も出ないようだな！　完全論破！　完全勝利！　いつだって勝利とは虚しいものです……。でも、敗北者のはずの悟浄君もどこか虚しげどころか憐《あわ》れんでいるっぽい表情なのは気のせいでしょうか。

「今の答えは不正解だが、一応その回答の根拠を聞こうか」

疲れた顔の悟浄君が、頭痛薬をぷちっと一錠《いちじょう》押し出すと、そのまま手元の缶ビールで流し込む。

そんなやれやれ……みたいな表情されてしまうとわたしもなにか言い返す気になれず、しぶしぶバッグから件《くだん》のワークショップのプリントを取り出した。

悟浄君はローテーブルに置かれていた眼鏡をかけると、そのプリントをしげしげと眺める。

「ワークショップねぇ……」

「や、なんか八重に誘われてさぁ……。なんかね、音響監督が主催してて、そこに行くとコネになったり人脈に繋がったり、コネクション形成に役立ったりするんだって！」

「ワークショップ本来の目的からずれてるんだよなぁ……」

齧りたての知識をフルに動員して、悟浄君に説明してみるも、なかなか色よい反応は返ってこない。

こうなったら最後のダメ押しだ。

「いいじゃん、ほら、ついでにスキルアップにも繋がるし！　だから、いいでしょ。ワークショップに行っても」

「うーん……」

悟浄君はプリントに胡散臭《うさんくさ》げな視線を向けて渋い顔をしている。まるで子供に進研ゼミをねだられている親みたいだ。

しばしの間、悩んでいるようだったが、やがてその紙をぴんと指ではじく。

「金の無駄だ」

「なっ……」

おかしい、進研ゼミならここで保護者《ほごしゃ》が賛成《さんせい》して、学んだことがそのままテストに出て、試験にも合格、恋人もできて、その後の人生が保証される流れなのに！　どうなってんのこの流れ！　流れ、滞ってるよ！　流れるのは個人情報だけだとでもいうの⁉

混乱するわたしをよそに、悟浄君は煙草《タバコ》をくわえて、一服ぷかりとやる。呆れたようなため息とともに、とんでもないこと言いよりおった。

「お前が行っても意味ない」

「ぬぉっ……」

全否定。まさかの全否定。

ワークショップも、わたしのやる気も、わたしの人脈形成計画も、わたしの将来設計も、わたしの約束された勝利の剣も。

悟浄君は眼鏡を外すと、髪をかき上げ、ふーっと深いため息を吐いた。

そして、鋭い視線を向けてくる。

「千歳。こんなの行く前に、まず今いる現場でちゃんと学び取ることを優先しろ。目の前のことできない奴が新しくなんか始められるわけねぇだろ」

切れ長の目から放たれる冷たい視線が、氷柱《つらら》のように突き刺さる。

悟浄君のこの目、苦手。

ドストレートのド正論に返す言葉などあるはずもなし。だいたい、正論というのは言うもの、振りかざすものであって、聞くものではない。

わたしはわなわなぷるぷる震える手で、ワークショップのプリントをひっつかむと立ち上がる。

「もういい！　烏丸ップはもう解散！　事務所から独立だよ！　なんなら卒論も出してセンテンススプリングだよ！」

「お前はなにを言ってるんだ……」

「悟浄君のあほー！」

捨て台詞《ぜりふ》を残して、シャバダ〜っとダッシュで自室へと逃げるわたし……。

☆　☆　☆

烏丸ップ解散報道で我が家に激震《げきしん》が走って早数日……。気づけば烏丸ップは半ば空中分解、半ば冷戦状態に突入している。

この状況をどうにか打破すべく、わたしもわたしなりにわたしのやり方で解決を図ることにした。

冷戦状態を終わらせるには終戦させるのが正解！

情報を制すものが世界を制す。まずは悟浄君の外堀から埋めなくちゃ！　情報戦は乙女《おとめ》とアイドルのたしなみなのです。ターゲットは八重。

「八重、聞いてよ、悟浄君ひどいんだよ。今日のワークショップのこと、ざっくり切られたの！　無駄とか意味ないとか一言だけで済ませやがったの！」

「えっ……、なんかちょっと意外だねっ」

ワークショップが行われるスタジオへと向かう途中、そんな話の切り出し方をすると、八重はわたわたっとした様子で驚《おどろ》いていた。

ふむ、話の摑《つか》みとしてはまぁまぁかな。ここからさらにたたみかけて、世論を味方につけなきゃ！

「全然意外じゃないよ。その後もひどい言葉のワードローブがオンパレードだよ。他にも、ゴミカスとかクソ新人とか人生舐めプとか殺すぞとか！」

「その辺のは毎日言われてるような気がするよぅ」

案外冷静に返されてしまった……。こいつ、さては大手メディアに踊らされない賢いユーザーだな？

ちょっと話を盛り過ぎたかもしれない。反省しつつ、頭をこっつん作戦。そして、今度は適当なことを言って煙《けむ》に巻くもくもく作戦です！

「うん、いやまぁ悟浄君はほら、口悪いって言うか、人の気持ちがわからないって言うか。……ね？」

「でも、烏丸さんってダメ出しするときはすっごい話長いから、なんか意外」

「あー……」

駅からスタジオまでの道のり、てとてとわたしについて歩く八重の言葉に思わず頷く。

悟浄君、褒《ほ》めることは全然ないくせに、わたしを悪く言うときだけはやたらに饒舌《じょうぜつ》だからな……。人の悪口言うときは生き生きしてるとかなんなの？　似た者兄妹なの？

「つまり、話をまとめると悟浄君が悪いってことだよね」

さくさくちょっきり話をまとめてうんうん頷くわたしに、八重があはーと苦笑する。

「そうじゃないと思うけど……。ちーちゃん、今、ケンカしてるの？」

「いや、ケンカとかじゃないから。あれだよ、例えるなら楽屋内でちょっと雰囲気が悪いとか会話しないとか、悟浄君が烏丸ップ内で孤立してるとかその程度の感じだよ」

「それはケンカじゃないのかなぁ……」

ケンカじゃない。

断じてケンカなんかじゃない。

……たぶんケンカにもなってない。

まぁ、しかし、それはそれとして、せっかくやる気を出したわたしに水を差さなくてもいいと思う。

先日のやり取りを思い出して、ぷりぷりしながらブーツを鳴らす。すると、八重もわたしに歩調を合わせて、パーカーをぱたぱたなびかせついてきた。

少々むすっとしつつ、駅から歩くこと数分。さしたる距離も行かぬうちに、目的地に到着する。かえでスタジオという少々古ぼけたスタジオだ。

階段をカンカン鳴らしながら三階まで上る。

重苦しい扉を開けば、そこにはざっと二十人くらいの人がすでにやって来ていた。どうやら参加者の中ではわたしたちが最後だったらしい。

「おはようございます」

わたしと八重が挨拶をして、ロビーの端に並ぶと、ちょうど出席者の確認をしていたらしい三十そこそこの小綺麗な格好をした女性が話しかけてきた。

「久我山さん。おはよう」

「あ、河口さん。おはようございます。今日はよろしくお願いします」

どうやら、この方が八重をワークショップに誘ってくれた河なんとかさんらしい。ぺこりと八重が頭を下げたのに、わたしも合わせる。

「烏丸千歳です。よろしくお願いします」

「ええ、よろしくね。それじゃあ、みんなブース入りましょうか」

河口さんに促され、わたしたちはぞろぞろとブースへと移動する。

ブース内に入ると、そこには薄手《うすで》の緑のカーペットが敷《し》かれ、壁際《かべぎわ》にはずらりと椅子《いす》が並べられていた。みんながその椅子を見た瞬間、ささっと素早く目配せが送られ、誰がどこに座るか、空気の読み合いが発生する。業界内でも椅子取りゲームしてるわたしたちは、ブース内でも椅子取りゲームをする運命にあるのです……。

が、そこはそれ。文字通り、業界の末席を汚しまくっているモブ界のヘドロこと烏丸ヘドロは、そんな空気の中でも我が物顔で入口すぐ横、端の席をゲットできるのである。烏丸ヘドロって我ながらひどいネーミングだな……。

そんなこんなでいち早く椅子取りゲームから一抜けを決めると、八重がわたしの横にすっと座る。

誰かが座ると、それを基準にしたように皆、めいめいに自分が座る椅子を定めて、すっと着席。

なんとなく、横の人と挨拶がてら軽いおしゃべりをし始めると、えふんえふんおほん言いながら、初老の男性がブース内に入ってきた。

すると、皆が一斉に立ち上がる。

「おはようございます」

別に揃えたわけでもないのに、綺麗にハモる挨拶に、その男性は軽く手を挙げて応《こた》えた。そして、もう一つ咳払いをして、ブースの正面中央に立った。

「えー、今日のね、講師をします、音響監督の恩田《おんだ》です。今回のね、ワークショップはジュニア対象ってことでね、みんな勉強になることもたくさんあると思うんでね、ぜひね、一つでも多くのことをね、学んで帰ってもらえればと思います」

恩田さんは、しゃべるときの癖なのか、文節を句切るように話す。小学一年の国語で学んだ『先生あのね』を思い出してしまったぞ。

「じゃあね、始めてこうと思うんでね、自己紹介してもらってね。あ、名前と事務所だけでいいから」

恩田さんが言うと、わたしとは逆サイド、ブースの奥側の人を「じゃあ、君からね」と指名する。

「あ、はい。アトリエプロの境田《さかいだ》です。よろしくお願いします」

「たんぽぽこーぽの島田《しまだ》です。よろしくお願いします」

「同じくたんぽぽこーぽの町田《まちだ》です。よろしくお願いします」

一人立って座ればその隣《となり》が立って座る。そんなとてもゆっくりしたウェーブは順繰《じゅんぐ》りにブース内を一周していく。

その後もどこそこの行田《ぎょうだ》だの郷田《ごうだ》だの相田《あいだ》だのと短い自己紹介が続く、少々退屈な時間が過ぎていった。暇だなぁと横を見やれば、八重は挨拶する一人一人の顔を見ては小声で名前を復唱し、覚えようと頑張っている。偉いな八重……。わたしなんて、事務所の名前さえも覚えらんないよ……。

というか、この業界、事務所の数が多過ぎるのではないかと思う。大きいところから小さいところまで実に様々な事務所があるのだ。それこそ俳優さんやお笑い芸人さんがいるような芸能界に広く知られた巨大事務所から、昔からある劇団《げきだん》、あるいは声優さんが個人で作った事務所まで、まぁ、多種多様。自称声優事務所まで含めたら、その数は百や二百ではきかないのではないだろうか。

世の中、わたしの知らないことがたくさんだなぁなどと、死ぬほど他人事感覚で皆様の挨拶を聞き流していると、覚えのある名前が耳に入ってくる。

「あ、はい！　えっと、ナンバーワンプロデュースの久我山《くがやま》八重です。今日はよろしくお願いします！」

はわっとした第一声、はきはきとした口調、されど聞き心地《ごこち》はどこか甘い声音。

気づけば、自己紹介の順番はわたしの隣、八重までやって来ていた。んじゃ、わたしもちゃちゃっと済ませますかね。と、立ち上がろうとしたとき、ほう、と感心するような声がそこかしこから聞こえた。

「へぇ、ナンプロかぁ」

驚きにも似た感嘆を口にしたのは講師《こうし》である音響監督の恩田さんだった。他にも、似たような反応をしている人が何人かいる。

なんだろ、うちの事務所ってなんかやらかしたのかな。あれか、社長が娘に会社継がせたいのに敏腕マネージャーが乗っ取りを企ててた、みたいなお家騒動《そうどう》でもあったのか。いや、ないと思うけど。

ともあれ、わたしもさくっと自己紹介を済ませておかなくては。静かなざわめきが収まるのを待って、よっこいせっと立つ。

「ナンバーワンプロデュースの烏丸千歳です。本日はよろしくお願い致します」

そうとだけ言って、またすっと着席。これでブース内にいる人は全員自己紹介を終えた。

　恩田さんはうんと小さく頷くと、またぞろ咳払いを一つ。

「うん、じゃあ、よろしくお願いしますー。それじゃあ……最初は声出しもかねて、発声と滑舌の練習していこうか」

　言って、小脇《こわき》に抱えていた紙束から一枚を取り出す。ワークショップに来るにあたり、事前に渡されているＤＶＤとプリント類の一枚だ。

　そこには、母音全体の発声練習とか二重母音・調音の練習とかカ行発声練習とか鼻濁音《びだくおん》練習とかいくつか項目分けされて、例文が載っている。

「では、最初から」

　恩田さんが、すっとキュー出しをすると、皆一斉に読み始める。

「相生《あいおい》、葵瓜《あおいうり》、家葵《いえあおい》、野葵《のあおい》。天の宮の、お宮の前の飴屋《あめや》にあんまと尼が雨宿り」

　プリントの例文をまま読みながら、ふと懐かしさを覚える。養成所の基礎科にいた頃に、この手の滑舌練習をよくした。授業の中で触れたのは何度かしかなかったけれど、悟浄君を相手によく聞かせたものだ。その度に、死ぬほどダメ出しされたけど……。

　まぁ、あの頃はまだ夢だの野心だの野望だの欲望だのといったものを抱いていたので、それはもう熱心にやっていたものだ。

　それが今や残っているのは欲望だけという体たらく……。どうしてこうなったやらと思いつつ、出てきそうになるため息を声に変えて、つらつらと読み上げていく。

　いくら早口言葉をつっかえずに読むことができたって、人気声優になれるわけじゃない。

だというのに、少し昔のわたしは外郎売《ういろううり》の口上をうまく言えただけで、めっちゃ嬉《うれ》しがっていたのだから、無知というか無邪気というか無邪気可愛いというか……。

　そんな過去を振り返る心中とは裏腹に、例文を読み進める声はすらすらと先へ進んでいく。

「親亀《おやがめ》の背中に子亀を乗せて、子亀の背中に孫亀乗せて、孫亀の背中に曾孫亀《ひまごがめ》乗せて、親亀こけたら子亀孫亀曾孫亀みなこけた」

例文プリントの最後の項目、鼻濁音の練習までを終えて、ふーっと小さく息を吐く。

こうやって、提示されたものをただ読むだけならこの仕事も楽だったのになぁ……と首を捻っていると、周りの人たちも同じように首を捻っていた。中にはぷるるるると唇を震わせて息を吐く人もいる。それを見てわたしももう一度首を捻る。なんだか、みんなあんまりな出来のような……。

そんな人たちを見て、恩田さんも苦笑い。

「はい、えー、これはみんなできるようにね、練習してくださいね」

その言葉に、みんなが威勢の良い返事をする。さっきまでのつっかえつっかえ噛み噛みの発声とは打って変わって、大変元気がよろしい。

「じゃあ、最初に配布してある台本と映像にあわせて、アフレコ実演行ってみようね」

言って、恩田さんがブースを出て、ミキサールームの方へと回った。

ようやく、ワークショップらしいことができるなとわたしが肩をぐるぐる回していると、隣に座る八重がちょいちょいと肩をつついてきた。なんじゃらほいと八重によりかかるように顔を近づけると、こしょっと耳打ちされた。

「やっぱりちーちゃんすごいね」

「は？」

ウィスパーボイスが耳朶《みみたぶ》をくすぐり、甘い香りが鼻孔をくすぐり、ついでに、自尊心までくすぐられて、わたしはついつい身を仰《の》け反《ぞ》らせてしまった。

「や、別になんもしてないんだけど……」

半ばドン引きで言うと、八重はくすっと笑う。

「そういうところがだよ」

「はぁ、そう……」

よくわからんこと言う子だな……。不思議ちゃんキャラでも狙ってるのかな……。確かに売れるためにはそういうのも必要だと思うけど、今時はそういうの流行《はや》らないからやめた方がいいんじゃないかなぁ……と思いつつもけして言わないつつましいわたしなのでした。

なんて会話をしているうちに、ワークショップは着々と次のフェイズへと進行していた。

『それじゃあね、えっと、自己紹介してもらった順番でね、五人ずつ、実際にやってみようか』

ミキサールームからトークバックを介して、恩田さんの指示が飛んだ。

すると、何田さんたちだったか忘れたけれど、その何田さんたちがすっと立ち、マイク前へ向かう。

まぁ、二十人一気にアフレコ実演するわけにもいかないからな。となると、ここでも見学、地蔵タイムのわたし。

もはやわたしの職業、プロ見学者なのではなかろうか。

なので、いつも通り、ぼーっとアフレコ実演の様子を眺めていた。プロ意識発動しちゃうぞ！

モニターに映るのは線撮《せんさつ》のV。おそらくはどこぞのつてを使って、借りてきたのだろう。きっちりボールドもあって、実際のアフレコさながらの映像素材だ。……いや、実際さながらっていうなら本来色ついているのが望ましいと思うんですけどね。

普段のアフレコ現場同様に欠伸《あくび》を噛み殺しながら、自分の順番が来るのを待つ。

それにしても、普段のアフレコに輪《わ》をかけて退屈だな……。やっぱり普段のアフレコはやらかすとまずいから緊張《きんちょう》しているのかもしれない。

偉い人や先輩がいないというのは気が楽ではあるけど、時間が経つのが遅い。

おかげで、わたしは自然と聞き流し態勢に入ってしまう。というより、聞き流すほかない。

端的に言って、普段行っているアフレコ現場に比べると、まぁ、随分とアレなのだ。もっとも最前線で活躍している人たちと比べるのも酷な話ではあるけれど。というか、ここにいる時点で、わたしもそれくらいのレベルってことだな……。

などと考えつつ、ぼーっと見ていると、どうやらこのワークショップのアフレコ実演ではテスト、修正のディレクション、そして本番と流れも実際のアフレコを踏襲《とうしゅう》しているらしい。

一通り終わるまでやはり暇なわたし。それをもう二回ほど繰り返してようやく出番がやって来た。

『じゃあね、次のグループね』

恩田さんの指示に、わたしの並びに座っていた人たちが立ち上がる。

手にはしっかと台本が握られている。チェック用のVと台本は事前に貰っていて、どの役を振られてもいいように、すでに全部チェック済みだ。

マイク前にはわたしと八重を含めて五人。そのうちの一人、長身痩《や》せ形三十歳くらいの女性が口を開いた。

「配役決めましょうか。私は和美《かずみ》希望なんだけど」

その女性が一同を眺めまわす。視線はどこか威圧的で、半ば決定事項のような響きがある。それに気《け》圧《お》されて、わたしはつい頷いてしまう。

「は、はぁ。まぁ、良いのでは？」

「ありがとう」

わたしの返事に、女性はにっと勝気そうな笑みを浮かべる。

和美は一番セリフが多い役だ。実際のアフレコではセリフが多かろうが少なかろうがギャラ変わんないのに、わざわざ面倒な役をやってくれるのか……。

こいつさてはめちゃめちゃやる気勢だな！

とか思っていると、他にもいました。めちゃめちゃやる気勢。

「あの～、私も～、和美がやりたいんですけど～。ていうか～、幸子《さちこ》さんは～、明美《あけみ》の方がキャラに合ってると思うんですけど～」

なにやらもう一人がご立腹の様子で腰をくねらせながら異を唱え始めた。さらにもう一人も髪をかき上げてうんと同意する。

「暮石《くれいし》さんはー、明美の方がー、アピれると思いますー。あ、わたしはー、和美やりたいでーす」

間延びコンビに言われ、長身痩せ形の女性、暮石幸子さんとやらは少しムッとする。

「じゃあ、じゃんけんね。他は和美希望いない？」

苛立《いらだ》ちの表情のまま、暮石幸子さんとやらはわたしと八重をじろっと見る。

先ほど良いのではとか言ってしまった手前、わたしに否があるはずもなく、八重もまた威圧されたようにこくこくと頷く。

それを確認すると、暮石さんはしゅっとシャドーボクシングをしてから、間延びコンビに向き直る。

「最初はグー、じゃんけんぽん！」

不意打ち気味に始まったじゃんけんは三度の相子を挟み、暮石さんの勝利に終わった。

すごい、単なるワークショップなのに、みんな役を取るのに本気なんだ……。

なるほどなるほど。

ワークショップは勉強になる。

……やっぱり役を取るには運と駆け引きが必要なんだな！　じゃんけん練習しなきゃ！

などと。

頭の悪い現実逃避をしながらアフレコ実演に臨んだ結果、余り物の役をやらされたわたしの出番は即終了。

わたしたちのグループの実演が終わると、今度はミキサールームへと呼び込まれる。

そこで、ミキサー卓に座った恩田さんが計器類を示しながら、さっき録った音源を聞かせてくれた。

今はちょうどわたしたちが録《と》ったシーンをリプレイしている。暮石幸子さんが演じた和美のセリフが流れてくると、恩田さんがストップをかけ、音の波形を示す計器をぽんと指差した。

「ここね、見て。さっきのセリフとね、シチュエーション全然違うのに波形似ちゃってるでしょ？　ということはね、音の使い方でね、違いを表現できてないってことなんだね」

恩田さんがミキサー卓にあるトラックボールをくるるーといじると、モニターの映像もきゅるるーと巻き戻しになり、件のセリフの箇所がぱっと再生される。そして、再度波形を見せてくれた。

「ここね！　ここ！」

言われると、みんな「なるほど……」みたいな顔をして頷いていた。おいおい、みんなわかったのかよ、ほんとかよ。すげぇな。……ほんとか？　わたし、音の波形とか見ても全然わかんないぞ……。いや、この芝居がダメなのは聞いてればわかるけど。

もしかして、エリート集団に放り込まれてしまったのかとおののいていると、恩田さんがぱんと手を打った。

「じゃあね、ぼくが言ったことをね、意識してもう一回行ってみようか」

その笑顔に押されるように、ぞろぞろとブースへと戻っていく。途中、隣にいる八重にこそっと話しかける。
「……さっきのわかった?」
「え? うん」
八重はなんでもないことのように答えた。
「そ、そっか……。わたし、波形とか気にしたこと
ないからよくわかんなかったんだけど……」
ひょっとして置いてかれているのではという不安
が頭をよぎり、正直に話してみる。すると、八重は
ほえーという顔で聞いていたが、ふいにくすっと微
笑んだ。
「ちーちゃんらしいね」
「ははっ、そうかえ……」
思わず乾いた笑いが出てしまった。
わたしらしい、とはいうものの。わたしがわたし
らしくあるがために、足踏み状態になっているのも
また事実なのであるからして……。
思い悩んでいると、八重も小首を傾げて考え考え
しながら口を開く。
「ちーちゃんは感性でやってるっていうか、感覚
型? みたいな感じだから、気にしなくてもいいと
思うよ。できてるんだし」
むんっと胸の前で両の拳を握って八重が励まして
くれる。
「そうかなぁ……」
「そうだよ! 感性の人だよ!」
八重はにこぱーっと弾けるような笑顔でそう言っ
てくれるのですが、それはもしやわたしが理論を理
解できないアホの子だと遠回しに言ってやしないで
しょうか……。
いや、実際アホの子なんだろう、わたしは。今ま
でなんとなくやってきて、なんとなくできてしまっ
たから深く考えることがなかったのだ。
八重にアホの子呼ばわりされても仕方ないな。い
や仕方なくはない。許さん。
まぁ、波形とかは今度っから気にするということ
で、まずはわたしがわかる範囲《はんい》のことをやろう。
キャラのことよく考えて、話を理解して、ちゃん
と演じる。それがわたしのわかることすべて。
……それって、いつもやってることと同じなよう

な。わたしって進歩ないなぁ。

そう思いつつも、再度のアフレコ実演に臨んだ。

ブース内に戻って、再びマイク前に立つ。

目をつぶって、ふーっと深い息を吐いた。

いつも通りのやり方だけれど、少しだけ、考えてみる。

シチュエーションが違うなら、当然、音の使い方も異なる。同じようなセリフや語尾であっても、音が変わるのは当然だ。仮に、音の波形が同じであったとしても与えるニュアンスには変化があるべき。

意識すること、それだけで言葉の響きは確かに変わる。

もう一度、目をつぶったまま深呼吸。

さっきまでの芝居を忘れるように、大きく息を吐いてからゆっくり目を開く。

そして、台本を読み直し、さっき見た映像の表情や位置関係、相手が言ったセリフ、話の流れを思い出す。

まっさらになった心の泉に少しずつ、違った形の石を放り込んでいけば、自然、さざ波が起きて、波紋が消える。その姿を克明に思い描く。

これで準備は整った。

モニター上のキューランプが灯《とも》り、Vが流れる。

キャラが動く。相手がセリフを言う。物語は進んでいく。彼女たちの心も加速していく。

感情の泉は揺れ、石が飛び込む。水は色づき、形を変えて流れ出す。

そうしてこぼれ出てくるセリフを、マイク前で口にした。

ボールドが消え、わたしはマイク前からさっと下がる。

……たぶん、これで合っているはず。

自信があるわけじゃない。それでも、手ごたえはある。少なくとも、わたしの中では合っている。

そんな実感を抱きながら、シーンが終わるのを静かに待つ。

やがて、そのシーンを録り終えると、トークバックから恩田さんの声がかかった。

『はい、いただきましたー。えっと、そうね。まず暮石さんね、うん、良くなったね。うん、今後もね、さっき言ったこと意識してね、継続して練習してください』

恩田さんが柔らかな口調で順々に講評を述べていく。続いて、間延びコンビにも似たようなことを言って、ようやく八重の番。

『えっとね、それから久我山さんね』

「は、はい」

沙汰《さた》を待っていた八重が緊張したように返事をする。が、続いて恩田さんが口にしたのは意外な言葉だった。

『あとね、烏丸さん』

「は、はぁ」

急に呼ばれて、つい身構える。

すると、ガラスの向こうからはうんうんと上機嫌そうな声が聞こえてきた。

『とても良かったねぇ。やっぱりナンプロはちゃんとしてるね。これからもね、その調子でね、頑張ってください』

「あ、ありがとうございます」

意外な言葉にぽかーんとしつつも、なんとか答える。口にした後、微笑みが遅れてやって来た。

八重と顔を見合わせると、えへへと照れ笑いが漏れてきた。

褒められれば当然悪い気はしない。それが普通だ。そのあたり、わたしは結構俗人というか凡人というか普通なのだ。

特別じゃないどこにでもいる苦しくったたって悲しくったって涙が出ちゃうごくごく普通の女の子、わたし烏丸千歳。なので、むしろもっと褒めて伸ばして敬い崇《あが》め奉《たてまつ》るべきだと思う。

恩田さんはダメ出しするにしても、基本褒めてくれるからとても良い気分。指導者《しどうしゃ》はかくあるべきですね。なーんだ、ワークショップ、結構いいところじゃん。ちょろいちょろい！

そんなこんなで、ワークショップは三時間程度で終了した。

いやー、これでわたしも恩田さんに認められたわけでお仕事ごりごり来ちゃうな。わたしの人脈コネクションがついに始まったな。

なんて、考えながら、よっこらしょっと席を立とうとすると、どどどどっと人の群れがブースの出口に殺到していた。

なに、みんなそんなに早く帰りたいの？　と不思議に思いつつ、わたしと八重もその後に、続いてブースを出た。

すると、ロビーでは、音響監督恩田さんの前に長蛇の列ができていた。

先頭では、暮石幸子さんがすすっとなにやら取り出して、平身低頭してらっしゃる。

「オフィスはうすの暮石幸子です。今日はありがとうございました。ほんとすごい勉強になりました」

言いながら、そっとなにかを渡している。

どうやら、プロフィールや名刺、ボイスサンプルCDの詰め合わせらしい。見れば、後ろに並ぶ人たちも同じようなものを用意していた。

へぇ、そういうの持ってるんだぁとか感心していると、最初に挨拶を終えた暮石さんがふふんと肩で風切ってやって来る。その場に棒立ちしているわたしと八重に気づくと、怪訝な顔で声を掛けてきた。

「あら、あなたたちはご挨拶しなくていいの？」

「え、や、ご挨拶はする気ですけど……」

「ふーん……。もしかして手ぶら？」

答えたわたしの手元を見て、暮石さんはやれやれとため息を吐く。

「そんなんじゃダメよ。あなた、ここになにしに来てるの？　名刺、プロフィール、ボイサン持ち歩くのは常識。こういう地道な営業活動ができるかで差がつくんだから」

ふふんとドヤ顔で暮石さんは言う。差がつくという割りに、みなさん同じことやっているように見えるのは気のせいでしょうか……。

ともあれ、みんながやっているのに、わたしがやっていないというのは確かに差がついているとは言える。

でも、ボイサンなんて、そんなの持ってきてないぞ……。持ち物欄《らん》に書いといてよ！

うむむと唸《うな》っていると、同じように困り顔の八重がわたしの袖《そで》をくいと引く。

「ち、ちーちゃん、私たち、どうしよっか」

「て言っても、なにも持ってないし……」

わたしの笑顔があれば充分じゃない？　そんなことない？

はて、どうしようかしらと思っていると、スタジオ入口のドアがきいと開く。

「お、ちょうど終わったみたいですね。恩田さん。お店押さえてきましたよ」

言いながら入ってきたのは、このワークショップに誘ってくれた河なんとかさんだった。

一声掛けると監督は列の相手もそこそこに、ポケットから取り出した封筒を河なんとかさんに手渡した。

「ありがとう。あ、そうだ。今日手伝《てつだ》ってもらったお礼」

「はい、毎度。まぁ、なにもしてないんですけどねー」

言いながら、封筒の中身をひいふうみいと数え始める河なんとかさん。どうやら謝礼《しゃれい》の類《たぐい》らしい。

ほー、ブース内で見かけないと思ったら、河なんとかさんは手伝いに呼ばれて来てたからだったのか。

などと、納得していると、監督が列の前に戻ってきた。

「それじゃ、続きはお店でいいかなー？」

言うと、その場にいた人たちから「いいともー」みたいな良いお返事が返ってくる。

……これ、わたしも行かないとまずいのかな。レッツ・飲みニケーション？

思いつつ、隣を見やると、八重も緊張の面持ちで頷きを返してくれた。

☆　☆　☆

飲みニケーション！

なんていうと、今時の若者は敬遠してしまうかもしれない。いや、俺もまだまだ今時の若者ではあるけれど。

なんなら、今さっき仕事先から帰ってきたばっかりで、ようやくできた自由な時間を満喫しようとしている今時の働く若者だ。

最近の若い世代は自身の余暇を重要視する傾向が強いとも聞く。それが飲みニケーションに対する忌避感にも繋《つな》がっているのかもしれない。

だが、その飲みニケーションとやらが、この業界ではまだまだ有用であることも事実。

もっとも俺のようなマネージャーが参加するのは、上司に無理矢理《むりやり》連れていかれるような類のものではない。

マネージャーが行く飲み会は、たいてい横の繋がりで呼ばれる。いわば業界飲みとでも称すべきものだ。

その業界飲みは事務所関係の同業だけでなく、業界の様々な人がやって来る。

例えばメーカーのプロデューサーさん、宣伝さんやアニメ雑誌・声優雑誌の記事を書くライターさん、ラジオの構成作家さん、スタジオの音響制作担当さんなど、まぁ、多岐にわたる。

けれど、接待や営業というほど大げさではなく、ただ、現場で顔を合わせる人たちとの情報交換やねぎらい、懇親会《こんしんかい》の意味合いが強い。

一方で、情報交換とはつまるところ、情報戦の始まりを意味することでもある。


故に、その飲み会に呼ばれるということは戦場に赴くことと同義だ。

まぁ、そんなわけで……。今日も、その戦場への召集令状が届いてしまった……。

ハンガーにつるしたばかりだったジャケットのポケットでぶるぶるとスマホが震える。

確認してみると、付き合いのあるメーカーP、畑《はた》中《なか》さんからの「今夜新宿《しんじゅく》どう!?」という簡潔極まりない飲みのお誘いメッセージ。

俺の返信は決まっている。

『五秒で行きます』みたいな謎のスタンプを送信。

グッバイ余暇。ハロー飲み会。

まだ、温《ぬく》もりの残っているジャケットをハンガーから引っこ抜いて、ばさっと羽織《はお》る。

スーツという名の戦闘服《せんとうふく》に身を包むと、革靴をつっかけ、すぐに家を出た。

そのままてくてく駅前まで急いで歩く。ここから新宿なら西武線で一駅。すぐに着く。

できることならゆっくり休みたかったが、そうも言っていられない。

うちのような中堅どころの事務所は役者だけでなく、事務所そのもの、ひいてはマネージャー個人もアピールしていかなければならない。

ましてや、ナンバーワンプロデュースは独立独歩の気風がある会社だ。しがらみが少ない分、代わりにコネクションも弱い。

レコード会社の傘下なわけでもなければ、パッケージメーカーと業務提携しているわけでもない。グループ組織《そしき》に専門学校があるわけでもない。一応、養成所を構えてはいるが、純粋な声優育成のためだけで、それがコネとして機能するわけではない。

だから、当社ナンバーワンプロデュースと業界を繋ぐのは、横の繋がりとこれまでに積み上げてきた実績だ。

幸い、社長である難波《なんば》さんが適当な人というか、ちゃらんぽらんというか、ノリと勢いだけはある人なので、業界内では難波社長というキャラクター性によって会社のことを覚えてもらうことが多い。

名前や存在を覚えてもらえさえすれば、うちの役者は実力者が粒ぞろい。仕事を勝ち取っていける。


事務所と傘下の養成所の規模は小さいながらも、否、小さいからこそ、育成に関してはかなり厳しく絞っている。

だから、不肖の妹、烏丸千歳も、地力に関してだけは、あるはずなのだ。

だというのに、なぜあいつはそれを素直に伸ばさないのか。いつもいつも横道に逸れおってからに。

まぁ、ワークショップに行くと言い出しただけ、進歩といえば進歩だろう。もっとも、その動機が不純なのが問題なのだが。

千歳は人脈やコネというものについて、根本的な勘違いをしている。

だが、言って素直に聞くような奴でもない。

やってみせ、言って聞かせ、させてみて、褒めてやらねば、人は動かじ。五十六《いそろく》ちゃんの言う通りだ。

電車に乗る前、駅前の広場で足を止める。

喫煙所で、煙草に火をつけて、生け垣に絡みついた季節外れのイルミネーションを眺めた。その電飾は繋げて、光るからこそ意味を成している。

ふーっと、ため息交じりに煙を吐いた。

人脈というものの、本当の使い方。

俺自身が示さなければ。

☆　☆　☆

かえでスタジオ近くの居酒屋はわいわいがやがやと賑《にぎ》わっている。

ワークショップ後に、そのまま一行がなだれ込み、あれよあれよという間にみんなすっかり出来上がっていた。

わたしと八重はまだぎりぎりお酒が飲めない年齢なので、ずっとウーロン茶だ。おかげで、いまいちその輪の中に溶け込めない。

ぱっと眺め見るに、どうやらワークショップに来ていた人たちは皆わたしたちより年上らしい。

平均年齢はざっくり二十代後半から三十代前半といったところか。つまり、わたしと八重はこの飲み会の場で最年少というわけだ。

……ところで、この日本社会においては、最年少の者が飲み会で必ずしなければならないことがあるのをご存じだろうか。

料理やお酒の手配？　下座に座ること？　酔った人間の介抱？　それともかくし芸や一発芸？

うんうん、確かにそういうのも必要とされるかもしれない。でも、いずれもケース・バイ・ケース。必ずってわけじゃない。

では、正解はなんだろうか。

それはずばり！

目上の人から説教をされること！

そんなわけで、わたしも八重もがっつり暮石幸子さんと間延びコンビに捕まって、がっつりなにか語られてしまっていた。

わたしの正面に座る暮石さんは良い感じにお酒が回ってきたのか、頬を紅潮させて、だんっとジョッキを勢いよくテーブルに叩《たた》きつける。

「でも、事務所の言うことだけを真に受けてちゃダメだよ。自分で考えて動かないと」

「ですよね」

エイヒレを齧りながら素直に頷くわたし。いやほんと悟浄君の言うことを真に受けてちゃいけない。

わたしはわたしでちゃんと考えて行動するべきなのである。

するると、はす向かいに座っている間延びコンビの片割れがピスタチオをぱきっとやりながら暮石さんを指さした。

「幸子さんの言うこと超わかるー。やっぱり私たちってもうプロなわけじゃないですかー？」

「それある～」

横から間延びコンビのもう一人が枝豆をぷつっとやりながら合いの手を入れた。おかげで、暮石さんもノリノリになってくる。

「そう。プロなわけ。個人事業主だし、誰も守ってくれないから全部自分でやらないといけないの。アゴアシも自分持ち。営業だって自分で掛けなきゃ」

「アゴアシ？」

聞きなれない言葉にわたしと八重が首を捻ると、暮石さんはぺちーんと自分のおでこを叩いた。なんて鬱陶《うっとう》しいリアクションなんだ……。

「あーごめ。つい出ちゃった。業界用語」

「アゴは食事代でー」

「アシは交通費ね～」

間延びコンビが揃って解説してくれる。ほう、なんかそれっぽい言い方だな。覚えておこう。

心のメモ帳に深く刻み込んでいると、暮石さんは景気よくもう一杯呷《あお》る。

「なんの話してたっけ。あ、そうだ。だからセルフプロデュースが必要なわけ。ほら、実力通りじゃない世界じゃん？」

「ですね」

またしても素直に頷くわたし。ほんと世界はいつになったらわたしの真価に気づくのか。わたしは悪くない、社会が悪い。

「セルフプロデュースってどんなことすればいいか、難《むず》しいですよね」

八重が両手でグラスを抱えながらぽつりと言う。

すると、間延びコンビがここぞとばかりに前に出てくる。

「それは～、SNSで情報発信とか～」

「こういう場でー営業掛けていくとかー？」

「やっぱりきっかけが大事なワケ」

最後に、暮石さんが引き取って話をまとめる。そして、すかさず八重がわぁっと感嘆の声を漏らしてぱんと手を打った。

「なるほどぉ」

無垢《むく》な笑顔を向けられて、暮石さんもふっと先輩らしい優しい微笑みを浮かべる。

「だから、こういう集まりとかワークショップは久我山さんのプラスになると思うよ」

「人脈大事だよね～」

「やっぱりコネがあるとないとでは全然違うからー」

間延びコンビが続けて言うと、八重は真剣な顔で頷く。

「勉強になります」

うんうん、いやー、ほんと勉強になるなぁ。と、わたしも頷く。あとは具体的、かつ効果的な方法論が提示されさえすれば完璧だな！

というわけで、その具体的な部分を聞き出そうとずいっと体を前に倒す。

すると、それに気づいた暮石さんがわたしの肩をぽんと叩いた。

「まぁ、あなたも頑張りなよ」

「はいッ！　……はい？」

あの、具体的な方法を教えてほしかったんですけど……と、思ったのもつかの間。

「ナンプロも有名どころの事務所だけど、それに胡坐かいてちゃダメだよ、絶対。ナンプロって新人の面倒あんまり見ないって聞くし。今いる人たちの稼働に精一杯じゃん？」

暮石さんは話題を少しずつスライドさせ、気づけば、事務所批判になっていた。おお、じりじり寝技に持ち込むとかさすがだな、幸子グレイシー。

しかし、残念。

事務所批判はわたしのもっとも得意とするフィールドなのだ。ナンプロの悪口でわたしに勝てると思うなよ！

「ほんとナンプロ最悪ですよ！　わたしみたいな新人を育てる気全然ないっていうか！　大きいの経験させないと伸びるものも伸びないじゃないですか！」

水を得た魚、あるいはグラウンドに持ち込んだグレイシーのごとく、果敢に攻めるわたしに幸子グレイシーも応じてくれる。ジョッキをぐびりとやると、煙草に火をつけ、物憂《ものう》げな所作でふーっと薄荷《はっか》の香りが混じった煙を吐き出した。

「でしょ？　私もそういう話聞いてたから、ナンプロ入るのやめようと思ってさぁ。オーディション受けるにしても、やっぱり、自分の子飼いに回しちゃうからこっちには仕事来ないらしいじゃん？」

「ありますあります、わたしも番レギュ行ってもそれきりみたいな！　そこから繋がらないみたいな！」

話を合わせてそんなことを口走ると、途端《とたん》に空気がひやりとした。

「ふーん、まぁ、そうだよね」

暮石さんが目を細めて、わたしを薄眼《うすめ》で見た。その視線はメンソールが含まれているように冷たい。

「……へぇ」

「ま、そうそう繋がるものじゃないしね」

間延びコンビはわたしから視線を外し、手元のスマホをちらと見ている。

っべー。

なんかミスったっぽい……。あの間延びコンビの声も今は間延びしてないし……。

地雷はどこだったんだろうかとマインスイーパーしてみると、ふと気づく。

たぶん番レギュってとこかな……。

わたし自身、アホほど仕事してないので忘れがちなのだが、毎週現場に呼ばれるだけでもたいそうなものなのだそうな。

いかんいかん、愚痴風自慢に聞こえてしまったかもしれない。悟浄君をはじめとして、わたしに対する世間の評価が低過ぎるから、つい自虐的になってしまうんだよな……。

わたしは案外なかなかそれなりにデキる子！　すごいすごいわたしすごい！

……すごいわたしがなぜこの人たちに気を遣わなきゃいけないのだろうか。という疑問はグラスの中身と一緒にごくりと飲み干すわたしはやっぱりすごい。

だが、もっとすごい奴がいた。

「うーん……」

わたしの隣に座っている八重が困ったように口元をもにゅらせてからはぁとため息を吐いた。

「呼ばれても印象うまく残せなきゃダメなんですよね……。営業頑張らなきゃって、今日、すごくそれ感じて……。こういう機会あんまりないので、すごく勉強になります！」

最後はぱぁっとにこやかな微笑みを浮かべ、きらきらの眼差しを暮石さんたちに向ける。すると、暮石さんもうむと頷いた。

「うーん、まぁ、最後は個人の勝負になってくるからねー。だから、セルフプロデュースが大事だなぁって私は思うの」

「そうやって人脈作らないときっかけもこないし～」

「きっかけがあればあとはコネがもの言うって言うんですかー？」

そうして、話は無事にループし始める。

おお……、八重ナイスフォロー。お主なかなかやるな。ぽんと肩を叩き、八重の健闘を称《たた》える。

「え、な、なに、ちーちゃん……」

八重はぎょっと驚いたようにわたしを見る。ははは、謙遜するなよ。さすがは闇属性の女。闇の女子力が高過ぎる。

八重も仕事量的にはわたしと大差ないはずだが、この飲み会の場でのリアル立ち回りはさすがだ。あくまでも互いに褒め合うという基本を忘れていない。ありがとう、八重。わたしも思い出したよ、乙女心ってやつを……！

ここでわたしがすべきことは自分を下げる会話でも、相手を上げる会話でもない……。

わたしはグラスを置くと、口元にそっと手をやり、真剣な面差しを作る。そして、深刻な口ぶりで話し始めた。

「……確かにそうなんですよね。わたしもですけど、今の若い子ってそういうの学んでない感じします。なんか、軽い……、っていうか」

などと、さも重々しげに、めっちゃ軽い中身のない話の切り出し方をするわたし。

「あー、基本がなってない子多いからね」

誰ぞ具体的に思い描いているのか、暮石さんは不機嫌そうにふっと煙を吐く。切り込んでいくならこだなと確信を込めて、わたしは言葉を継ぐ。

「アニメ観《み》てても、あれ？　って思うときありますよね。滑舌甘いのにいいのかな、みたいな。けど、たくさん出てる人だしって思うと、ちょっとわかんなくなっちゃって……」

「いるねー、そういうの。ね？」

暮石さんが並びに座っている間延びコンビに話を振る。すると、二人はあらぬ方向を見て首を捻った。

「え～？　います～？　あ、もしかして苑生《そのう》百花《ももか》とか～？」

「柴崎万葉《しばさきかずは》とかですかー？」

すっとぼけて見せた割りに、ばっちり個人名を出してくれる間延びコンビ。この二人もなかなか闇の女子力が高い。

ちなみに苑生百花は現役女子高生ながらアーティスト活動もバリバリこなす人気声優で、わたしが今出ている作品ではメインヒロインを務めている。柴崎万葉はよく知らないが、八重に聞いたところ若手の注目株で、実力派の呼び声が高いのに、グラビアアイドル並みのルックスを誇るチート声優らしい。

「まぁ、二人とも話題性が先行しがちだから、逆に可哀想《かわいそう》だよねぇ。芝居で勝負させてもらえてないっていうか」

暮石さんが言うと、間延びコンビがうんうん頷いて続いた。

「あ～、わかる～」

「やっぱり芝居で勝負したいですよねー」

そして、話は苑生百花と柴崎万葉についてへとシフトしていく。

ふははは！　共通の敵を作り出す作戦はうまく行ったみたいだな！　これぞわたしが女子高時代に培った闇の女子力の真骨頂よ！

自分よりも相手よりもはるかに格上の声優を槍玉《やりだま》にあげればみんな仲良し！　苑生百花や柴崎万葉に比べれば、わたしも暮石さんも間延びコンビもカス同然！　この話題なら、まったく同じ土俵で話すことができる！

古人曰く、三人寄れば他人の悪口とも言う。悪口は世界語。英語もエスペラント語も目じゃないぜ……。

うまいこと、場の雰囲気を盛り返したところで、すっとお手洗いに立った。

洗面台で自分の顔を見ると、頬がひくひくと引《ひ》き攣《つ》っている。ずっと笑顔を作っていたから、表情筋が硬直してしまった……。

薄い扉の向こうからは、飲み会のどんちゃん騒《さわ》ぎが遠く聞こえる。

「はぁ……」

おかげで、自分の疲れたため息がやけに大きく響いた。

☆　☆　☆

男ばかりで飲んでいると、だいたい話す内容は仕事のことに終始しがちだ。ことに、仕事の付き合いで知り合った相手であればなおのこと。別段、仕事が好きで好きでしょうがないからそれについて話すというわけではなく、互いの共通点だからというのが大きな理由だろう。小さな理由としては、プライベートな話に踏み込むタイミングを計りかねているからというのもあるかもしれない。

……まぁ、他にも理由はある。

たまに仕事関係の真面目な話題を放り込んでおかないと、気づけば下世話な方向の話をしていることがままあるからだ。往々にして、気づけば下ネタか、ギャンブル含む金儲《かねもう》けの話か、釣りやらミニ四駆やらの趣味の話しかしていないときがある。疲れているときの飲み会なんて、八割くらいが下ネタだ。

……男はいくつになっても男の子だからね、仕方ないね。

もっとも、気軽に下ネタが言い合えるようになれば、ある程度、仲は深まっているとも言える。やだ、男子ってほんとバカ。もし、ここに委員長がいたら、帰りの会でつるし上げられているところだった。

幸い、今はメーカーPの畑中さんと、その下についているAPの岡島《おかじま》さん、出版社編集の高橋《たかはし》さん。そして俺と男性四人しかいない。女性の音響制作の方もいらっしゃっていたが、明日早いとかでもうお帰りになられている。

ふと時計《とけい》を見ればそろそろいい時間だ。岡島さんなんてさっきからうつらうつらと舟をこいでいる。

酒杯を重ね、口もだいぶ滑らかになってきたところで、思い出したように畑中さんに話を振ってみる。

「こないだオーディションの話だけ来てた今度のあれってもう音楽決まったんですか？」

聞くと、畑中さんはすぱーと煙草を一吸いしてから軽く首を捻った。

「ああ、まだ伝えてないんだっけ。えっとね、ローゼズさんだよ」

レコード会社、ローゼズはアニメの音楽事業においては有名どころだ。パッケージの発売販売、あるいはグッズ商品化等の機能を持たない分、少ない出資比率での委員会参画を武器に、一クールに何本ものアニメのOP／EDを担当するフットワークの軽さが特徴的だ。もう一つ大きな特徴として挙げられるのが、声優アーティストをあまり嵌《は》めてこない点。OPかEDにキャラソンを切ってくる可能性はあるが、少なくともキャストが主題歌ありきで決まらないことはわかった。

「あー、音楽、ペイタックスさんじゃないんですね」

「まぁ、リスク分散だね。九頭《くず》さんとこは販売だけやってもらうんだ。あとは、商品化でどこか入ってもらうくらいかなぁ」

畑中さんの口ぶりから察するに、委員会メンバーは畑中さんのところとローゼズ、そしてペイタックスの三社。ちなみに九頭さんはペイタックスのプロデューサーで俺も何度か仕事をしている。

委員会組成と提供スポンサーの座組を聞く限りでは養成所や専門学校も入っていない。

ということは、キャスティングにおいては比較的しがらみの少ないタイトルだ。

だったら、うちの事務所にも勝負の目はある。

「今度のって、あれ？　もしかして一ツ橋のラノベ原作のやつ？」

出版社の高橋さんがたこわさに箸を伸ばしながら聞くと、畑中さんがなははーと苦笑いする。

「いやーそうなんですよ」

「あー、そりゃ大変だ。あそこの編集長、戦闘民族だからねぇ……、うまくハマるといいけど」

「いやほんとまったく……。いえ、その分、頑張ってもらえるからいいんですけどね」

よその会社のことだからかニコニコ楽しそうな高橋さんに比べて、畑中さんの表情はどこか暗い。

ふむ……。これはなにかあるな。素知らぬ顔でほーんとかなんとか相槌打って聞いてみるか。

「そんなに大変な原作なんですか？」

「うーん……。まぁ、ね。なんというか、先生が職人肌っていうか……。本読みからなにからちょっと大変かも。もちろん、その分面白い作品なんだけどね？」

畑中さんは煙草をもみ消し、言葉を選びながらそんなことを言う。

「へぇ、それじゃあ、アフレコも結構かかりそうですねぇ……」

「うん、そうなるかも。そうなったらよろしくね」

畑中さんが冗談めかして、俺の腕に縋《すが》りつきゆさゆさ揺すってきた。それに俺もありがちなマネージャージョークで返す。

「いや、俺ができることないですよ。それともワンチャン俺出ちゃいますかー？」

「お、烏丸悟浄の復帰作？　いいじゃんそれー！」

高橋さんがガハハ！　と大笑いする。いっけね、俺の場合、普通にギャグにならねぇんだった。

「良くないですよ！　うちの社長、たまにマジな顔で言うんですから。どうせ現場にいるならユー出ちゃいなよ正社員なら定額使い放題だよっつって」

「難波さんらしいなぁ」

適当ぶっこいたフォローに畑中さんがくつくつと笑みを漏らすと、どこか遠い目をして言葉を継ぐ。

「でも、音監、宍道《しんじ》さんだから、烏丸君とは相性良かったかもね」

宍道さんは俺も役者時代にお世話になっている。あまり主張が強いタイプではなく、原作や監督の意を汲《く》みながら、手堅い演出をしていく人だ。

ほーん、これはいいことを聞いた。

原作者が脚本会議にも出てくる本腰の入れよう、

そのうえ、編集長が武闘派。さらに、音響監督が調整型の人。となれば、ますます政治キャスティングの色合いは薄くなる。

キャスティングの力学は複雑だ。誰か一人の権力では決まらない。

キャスティング決定の権限を持つ権力機構は大きく分けて三つ。

一つは原作サイド。原作者や編集が希望するキャストの名前を挙げる。これは想像しやすいだろう。

もう一つは製作委員会サイド。つまりはパッケージメーカーやテレビ局、レコード会社。あるいはここに原作出版社やゲーム原作メーカーが入ることもある。この人たちは出資や提供、つまるところ、アニメの制作費から宣伝費からすべてを出す人々だ。お金を出すということは口を出す権利があるということに他ならない。自分たちのお金で作るのだから、決定権が大きくあって当然だ。なにより、身銭を切って商品を売らなければならないから、売り上げが見込めるキャスティングにしたいという力学が働く。

そして、残るもう一つが監督や音響監督等のスタッフサイド。有名監督のオリジナル作品だったりすれば、無論、原作者としての側面も持つ。

業界のそこかしこで、音響監督に媚《こ》びを売れ、と教える人がいるが、それだけでは大きい役は取れない。端役やモブならありうるかもしれないが、メイン級のキャストについては、多くの利害が絡むのだ。故に、音響監督にメインキャストの采配、全権が与えられることはほぼない。話し合う中で、意見を出すことは当然ある。それが採用されることもあるだろう。だが、一種の合議制を取ってアニメ制作が進められる以上、音響監督の独断だけで決まったりはしない。……ごくごく一部に例外もあるが。

いろんな人たちの希望や思惑が複雑に絡み合って、キャスティングは決まっていく。

そして、忘れてはいけない要素がスケジュールだ。声優個人のスケジュール。音響監督のスケジュール、収録スタジオの空き状況などなど。

仮に全員一致でキャストを選んだとしても、そのキャストのスケジュールが合わなければ諦《あきら》めざるを得ない。そうした種々のスケジュールのパズルを嵌めて、初めてキャスティングは完了する。

いつも思惑通りのキャスティングができるとは限らない。そういうときにこそ、新人にチャンスが巡ってくる。新人くじやチャレンジ枠などと冗談めかして言われるが、そうした部分は確実にある。

新人はやる気がある、一生懸命やる、化ける可能性がある、スケジュールが取りやすい、イベント等の稼働があってもギャラが安い等々の理由で、使う側も実力不足実績不足についてはある程度まで目をつぶり、懸《か》けてくれる。

そういう意味合いにおいて、今度のオーディションは千歳にとっても、片倉さんや久我山にとっても、狙い目だと言える。

最初のきっかけをつかめるかは一つの試練。

一つハマればその仕事が次の仕事を呼ぶ。業界でコネや人脈と呼ばれるものの正体の多くは、これだ。

実績が実績を呼ぶのだ。売れたものがさらに売れる、というのが正しい。並ぶラーメン屋にこそ人は並ぶのと同じこと。なんのことはない。誰しも勝ち馬に乗りたいのだ。

実績こそが最大のコネクションだ。

実際に会わなくとも、作品は人を繋ぐ。

というのが俺の経験則なわけだが、例外も多く存在するのがこの業界。

誰か一人の鶴《つる》の一声で決まることもある。

故にキャスティングは常にケース・バイ・ケース、タイトル・バイ・タイトル。

昨日通じたことが今日通じないことも多々ある。

たった一つの答えなどありえない。

だから、俺ができるのは少しでも正解率を上げようとすること。

そのために必要なのが情報だ。今度のオーディションで必要と思われる情報はおおよそ手に入った。

集めた情報を有機的に繋ぎ合わせて一つの解答を導《みちび》き出《だ》す。人脈も情報収集も、繋いで、そこから自分なりの答えを出すための道具。それらは過程に過ぎない。一度会っただけの人や、現場で顔を合わせただけの人、名刺を交換しただけの関係を人脈とは呼ばない。繋ぎ合わせて、結果を出して、それを継続していくことで、初めて人脈たりえる。

得てして、若く未熟《みじゅく》なときにはそのことに気づかない。俺自身、役者をやっていたときは結局世の中コネと金だなどと拗ねて諦めていたりもした。自分の実力不足を棚に上げて、よく言ったものだ。

コネクションを得ようとする者や誇示する者、人脈が最も重要だと吹聴《ふいちょう》する者は往々にして、自身がなにも持っていないからこそ、他のことで補強しようとする。翻《ひるがえ》って、それは自身の不遇さの原因を外的要素に求め、言い訳を欲しているとも言える。

自分が頼《たよ》りたいと思えるほどの著名人や実力者が、勘違いした愚かな未熟者に魅力を見出《みいだ》すことなどないだろうに。そんなことにも気づくことができない。

とどのつまり、どんな出会いであっても、それを人脈とできるかは自分次第だ。

この業界なら役者次第。

ここから先は運否天賦《うんぷてんぷ》の出たとこ勝負なギャンブル博打《ばくち》。他に俺にできることといえば、はったりの一つもかましておくことくらいだ。

「聞いてると、結構大変そうな現場ですね……。そしたら、うちの隠し玉出しちゃいますか」

「お？　ほんと？　期待しちゃうよ～」

適当ぶっこいた大嘘《おおうそ》に畑中さんがノリを合わせてくる。すると、高橋さんまで乗ってきた。

「なに、そんないい子いるの？　人気出たらうちの作品にも出してよー」

「マジすかいいんすか。でも、とりあえず高橋さんの担当作、早くアニメにしてくださいよ」

「それな！　ほんとさ、畑中さんにも言ってるんだよ、アニメにしてくれって」

「えー、それってあの作品でしょ？　あれ、続き全然出ないんだもん。それじゃ判断つかないよー」

畑中さんが言うと、高橋さんはあいたたたーと頭を抱える。業界特有の男子のじゃれ合いだ。

それを横目に、俺は締めにもう一杯だけ、ハイボールを呷った。

☆　☆　☆

締めのうどんのつゆを八重の分までずるずるっと飲み干すと、ワークショップの打ち上げはお開きと相成る頃合いだった。

多くの若手新人無名声優に囲まれた音響監督の恩田さんがほろ酔い顔で大きく手を振った。

「二次会行く人～？」

その問いかけに、様々な人がはいはいはいはいと手を挙げる。

「ちーちゃん、どうする？」

「んー、帰る」

八重に聞かれて、わたしはぱっと立ち上がる。

このワークショップの参加費が五千円。そして、飲み会で四千円も払ってしまった。ぶっちゃけこれ以上のお金はない。

さて、それじゃここらでドロンしますか、と八重に目配せして、店を出ようとすると、暮石さんと間延びコンビに見咎《みとが》められる。

「あら。あなたたち、二次会行かないの？」

「アピールしないとコネにならないよー？」

「投資して人脈作らないと～」

お前も人脈にしてやろうかぁ！　とでも言わんばかりの十万飛んで三十歳くらいの人脈魔族に取り囲まれてしまった。

そのボス格たる暮石さんが、千鳥足でわたしと八重に近づくと、サムズアップ。アンド・ウインク。

「つかもうぜ！　チャンスと人脈！」

……七つ揃えると願いが叶《かな》うみたいなノリで言われてしまった。

「すいません、お酒飲めるようになったらぜひ！」

とかなんとか言い抜けて、するっとその場を退散することに成功した。

こういうとき、まだ未成年というのは使える。いや、もうじき二十歳《はたち》になってしまうのだけれど。

お店の前でわらわらたむろしている恩田さんたちに、挨拶して、そそくさとその場を離れる。

八重と二人きりになると、ようやくいつも通りの自分に戻れた気がした。

気持ちの良い夜風が吹き抜けていく中で、んんーっと大きく伸びをする。と、隣を歩く八重がくすくす笑った。

「ちーちゃん、お疲れ様」

「うん。なんか飲み会の方が疲れた気がする……」

ややげんなりしながら言うと、八重も頷く。

「そうかも。けど、途中からは馴染んでたよ！」

「そりゃまぁね。ルールがわかれば対応はできるよ」

「るーる？」

ふーっとため息交じりに口にしたわたしの言葉に八重が小首を傾げる。

よかろう。説明して進ぜよう。女子高時代、通算四回は所属グループが変わった『孤高のはぐれ女帝』烏丸千歳の闇の女子力を舐めるなよ！

「要するにさ、その場にふさわしいように話の方向性をコントロールできればいいんだよ」

「？？？」

言ってはみたものの、八重はいまいちぴんと来ていないようで、今度は逆方向に首を傾げた。

「あー、例えば八重についての話題だったとするじゃん」

例に挙げると、八重は照れくさそうにと身をよじってはにかむ。

「う、うん……、なんか話題にされるって恥ずかしいなぁ」

「で、そうすると、八重をハブる方向に話は向いていくじゃん」

「なんで⁉」

さっきまでの可愛らしさはどこかへ吹き飛び、八重が悲鳴にも似た声を上げる。

「いや、だから例えばの話。ていうか、女子が他の女子の話題出すなんて、だいたいそういう話のときでしょ」

「そ、そんなことな……、ない、よ？　ね？」

うぬ、ぐぬと言葉に詰まる八重。心のどこかで思い当たる節があるのか、全力で否定することができずにいるらしい。だから、八重って好き。

言葉よりも態度が雄弁に語る八重の同意を受けて、わたしはたとえ話を続ける。

「そしたら、こう言うわけよ。『でもさー、八重って頑張ってるよね。……まぁちょっとアレだけど』ってね」

「ううっ……嫌な言い方だよぉ」

「そうすると、『うーん、まぁそうね、ちょっとアレかもね』、みたいな反応が来るじゃん。そしたらまぁ勝ったようなもんだよ。いつのまにかみんなの態度が変わってて、気づけばハブってなもんよ」

「う、うーん……。そ、そうかなぁ？」

どうやら八重はまだ現実と戦っているらしい。うなりながら頭を抱えている。

あらあらおとぼけ。そなたもおなごなら身に覚えがあろうに……。しゃーない、一思いにとどめを刺してやるか。わたしは八重の肩をぽんと叩く。

「そうだよ！　わたしはこれで高校時代二回ハブられてる」

「られ!?　された側なの!?」

「ハブられ過ぎて、小中高大養成所で通算七冠だよ。女羽生善治《はぶよしはる》って言われてたよ、言われてないけど」

適当ぶっこいていると、八重が驚愕《きょうがく》に目を見開きわたしをまじまじと見ていた。

「やっぱりちーちゃんってすごい……」

称賛なのか羨望《せんぼう》なのかなんなのかわからないが、わたしはとりあえず胸を張っておくことにした。

「まあね。あ。そうだ。話、変わるけどさ」

言うと、八重がほっとした様子で胸をなでおろし、頷きを返し、わたしの言葉を待つ。

「暮石さんって頑張ってるよね。まぁ、ちょっとアレだけど」

「話、変わってないよぉ！」

なんて、そんなどうでもいい話をしながら、わたしたちは駅までの道を歩いた。

人気《ひとけ》のない夜道には解放感があって、わたしは縁石にひょいと飛び乗ると、平均台の上を歩くようにゆっくり進んでいく。

「ちーちゃんが、なんで女子高で生きてこられたのか不思議だよぅ……」

歩調を緩めて、わたしの横を歩く八重がぷくぷくと頬を膨らませながら呟いていた。

おっしゃる通り。わたしも不思議だ。友達だって少ないし、実の兄とでさえケンカばかり。こんなわたしが人脈作りなんてどだい無理な話なのだ。

確かに、オトナたちが言うように、人脈とかコネとか媚びを売るとか営業活動だとかが必要な場合はたぶんあるんだろう。

その意味では、オトナたちの言っていることは正論だ。けれど、どこか空虚でもある。

どうしたって口と性格と底意地が悪いわたしはオトナたちが使う聞こえの良い言葉とは相性が悪いらしい。

きっと、わたしはああいうオトナにはなれないだろう。ならないだろう。なりたくはない。

☆　☆　☆

新宿で乗り換える八重が一足先に電車を降り、わたしはそのまましばし一人で山手線に揺られていた。

最寄り駅に降り立って、目に飛び込んでくるのはバスロータリーを兼ねた大きな広場。

そこは近くの大学に通う学生たちがわいわいはっちゃけ、ウェイウェイ騒いでいた。新歓コンパも時期的には終盤。もう一、二週間もすれば、多少は落ち着くだろう。

その賑々しい集団から逃げるように、駅から長く延びるこの街のメインストリートをつったかつったか早足で急ぐ。それにしても、わたしのコンパ誘われなさは異常。……まぁ、サークルとか入ってないから当然だけど。わたしはどうもああいうノリが苦手らしい。もちろん、馴染もうと頑張ればそれなりにこなすけど、別に楽しいわけじゃないし。

騒々しい駅前から離れても、喧騒《けんそう》は響いてくる。都がどうたら西北がどうたら白雲がどうした靡《なび》いてこうしたと肩を組みながら歌われる迷惑極まりない大声の校歌を背に受けながら、マンションのエレベーターに乗り込んだ。

ここまでやって来るとさすがに静かだ。このマンション、お家賃がそこそこするため、住人もそこそこの稼ぎがある人たちのようで、夜はそこそこひっそりしてしている。

エレベーターがゆっくり一階一階上がっていくたび、重力にも似た空気がじんわりとのしかかってきた。先日の烏丸ップ解散騒動があって以来、悟浄君とはあんまり話せていない。というか、わたしがシャットアウトしていただけなのだけれど。しかも、その解散騒動の契機となったワークショップが今日あったことも悟浄君は承知している。

その小競《こぜ》り合《あ》いの原因であるワークショップが本当にわたしの役に立つなら、胸を張って「ガハハ！　どや！　ワシの言った通りじゃろう！」と大見得の一つも切るのだが、それもちょっと微妙な出来。人脈などまるで作れていないし、技術的な収穫も養成所で学んだことや普段やっていることの再確認ができたという程度で、これではどうにもドヤれない。

なんだか気が重いなぁ。と思いつつ、鍵《かぎ》をかちゃかちゃ回して、玄関ドアを開いた。

「……ただいま」

小声で言って入ると、廊下の先、リビングのドアががちゃと開いた。

「おかえり」

「あ、うん……」

廊下の端と端で視線を合わせ、わたしは都会で見つかったハクビシンみたいにぴたっと動きを止めた。会話らしい会話もなく、そのまま自分の部屋へ引っ込もうとするわたし。すると、悟浄君が小さな咳払いを一つして、ふいっとそっぽを向いた。

「……アイスあるぞ」

そう言って、リビングの中へと引っ込んでいく。わたしは自室のドアに手をかけたまま、その後ろ姿をぽかーんと見つめていた。

プチケンカ中のわたしをわざわざ出迎えて、アイスを買ってきてくれているなんて……。

ははーん、さてはあれだな。わたしと仲直りしたいんだな、これは……。もしくは、わたしに謝る機会を誰かに作ってもらって、なにがあっても前を見て、ただ前を見て進みたいと思っているに違いない。

ツンデレだなぁ、悟浄君。そして、わたしのこと好き過ぎるなぁ、気持ち悪いなぁ。

わたしも悟浄君に続いてリビングに入る。テーブルの上にはコンビニ袋が転がっていて、白地のビニールに色とりどりのパッケージが透けて見えた。

「ハーゲンかな？　それともダッツ？」

「違う」

悟浄君は缶ビール片手に、ソファにどっかと座る。

「じゃあ何くまかなー。それとも何ボーデンかな」

と、うきうき気分で袋をがさがさやっていたわたしの手に、ひんやりとした四角い感触。それをぱっと拾い上げてみると、見慣れた赤白黒のデザイン。

「ピノ……。うん、まぁピノうまいけどさ……」

いや、まだ諦めるのは早い！　他にも買ってあるはずだ！　と袋をさらにがさがさやるが、出てくるのはピノばかりだった。うん、いやピノうまいけど。

二箱もってソファに座り、ぶつくさ言いながら封を開ける。

「愛がないよ愛がー。もっと気持ち込めてほしいなぁ……、あ、うまい」

「ハート入りはレアだからな」

適当なことを言いながら、横に座る悟浄君がひょいと手を伸ばしてピノを一粒かっさらっていた。

二人でピノをあむあむ食べていると、悟浄君が缶ビールをぐびりとやってからおもむろに口を開いた。

「どうだった、ワークショップは」

問いかけてくる表情は柔らかく、声音も落ち着いていた。だから、わたしもなるべく素直に答える。

「……悟浄君の言った通りだった。なんか、わたしが行ってもあんまり参考にならない気がする」

「だろうな。あのワークショップはお前よりもまだ前のステップの人たちを対象にしてるよ。少なくとも、うちの所属や預かりの連中なら、そのレベルはクリアしてる」

淡々と悟浄君は言う。確かに、ワークショップの恩田さんもナンプロを評価していたような口ぶりだった。ナンプロの名前を聞いた周囲の反応から察するに、どうやらうちはそこそこそれなりに知られた事務所だったらしい。こう、なんか中堅、みたいな。

「今日のは良心的な方かも知らんが、世の中、金を巻き上げることだけが目的のワークショップはいくらでもある。……もちろん、本当に身になるワークショップもたくさんあるけどな」

悟浄君の言い方にはどこか遠い日を懐かしむような色があった。悟浄君にも、わたしと同じような時期があったのかもしれない。

「で、人脈は作れたのか？」

神妙に話を聞いていると、悟浄君がからかうように聞いてきた。思わずわたしは苦笑してしまう。

「いやー、ダメだったよ。わたしには無理だね。ち

やほやされると思って声優やってるのに、わたしがちやほやしなきゃいけないっておかしくない？」

「アホか、お前……。ハート強すぎだろ……」

悟浄君が頭を抱えて深いため息を吐いて、それからふっと笑みを漏らした。

「お前は声優向きかもしれないな」

「そ、そう？」

悟浄君がそんな風に言うのは珍しい。意外な言葉のせいで、わたしはちょっと頬が熱くなるのを感じて、肩にかかる髪を指先でくるりと回してしまった。

すると、悟浄君は真面目な顔でわたしをじっと見つめる。その真剣な眼差しに思わず息が詰まった。悟浄君は次になにを言うのだろうと、とくとくとかすかに早まる鼓動を感じながら、黙って言葉の続きを待っていると、引き結ばれた口が開かれる。

「技術も感性も心構えもゴミカス同然だが……。でも、その性格の悪さと舐めくさった根性だけは一流だ」

「褒められてない……」

やっぱり悟浄君だった……と脱力して、ついついふーっと息が漏れ出てくる。ワークショップの音響監督・恩田さんとは大違いだなぁ……。まぁ、あの場において、わたしは『お客様』扱いも同然だから優しい言葉をかけてもらえて当たり前なのだ。

悟浄君はわたしの先生じゃない。

わたしのマネージャーだ。

いつだって悟浄君はわたしを素直に褒めたりしない。飴と鞭《むち》どころか、雨霰《あめあられ》とばかりに鞭を振るう。八重が言っていた。悟浄君はダメ出しするときはすっごい話が長いって。逆に言えば、評価している項目については口数が少ないってことだ。

わたしにあのワークショップが必要ないと悟浄君が言ったのは、わたしの技術的な面については評価していたからなんだ。おいおい、八重、悟浄君のことなかなか理解してるじゃん。なんなの？　悟浄君のこと好きなの？　ヒューヒュー！　なんの天然水だよヒューヒュー！　付き合っちゃえよヒューヒュー！　……まぁ、お兄ちゃんは誰にもあげないけど。

性格と底意地が悪いわたしには、口と目つきが悪い悟浄君のやり方があっている。

我知らず、ふっと笑みがこぼれ出すわたしを見て、悟浄君も同じく笑った。そして、その笑みを抑えると、小さく息を吐いてからわたしの名前を呼んだ。

「千歳。話がある」

言って、ソファわきに置いてあったビジネスバッグを取ると、中から数冊のライトノベルと、クリップ留めされた紙束を出した。それをぽんと叩いて、わたしの顔をじっと見つめる。

「この作品、獲《と》りに行くぞ」

言葉こそ短いけれど、声は重々しい。

そして、またあの目でわたしを見る。刃のように鋭くて、青い炎みたいに静かな眼差し。

わたしの返事は決まっている。

「……うん」

茶化《ちゃか》すことも、ふざけることも、とぼけることもしない。たぶん、今のわたしの目は悟浄君と似ているはずだ。

わたしの言葉に悟浄君は確かめるように頷きを返して、クリップ留めされたプリントをついっと指で押す。手に取ってぱらぱら見ると、どうやらキャラクター設定とオーディション原稿らしかった。

「各事務所、一役一人までの制限がかけられてる」

悟浄君の言葉に頷きだけで相槌を返し、わたしは原稿を読みすすめる。キャラ設定は三キャラ分。つまり、ナンバーワンプロデュースでは三人までしかこの作品を受けられないのだ。その事実に一瞬震えが走る。

「……まぁ、まずはテープだし、そんなの無視して出しちゃえばいいんだけど」

なんか小声で言いましたよ、この人……。ちらと視線を向けると、悟浄君が誤魔化すようにゲフンゲフン咳払いして、また真面目くさった表情を作った。

「再来週あたり、事務所でテープ録って、その出来で誰を出すか決める。そのつもりでいろ」

言われて、スマホでうちの事務所のＨＰを調べてみた。

現在、ナンプロの女性声優は正所属準所属預かり含めて二十人にも満たない。その中には八重もいる。そこから三人というのは、質で勝負することを掲げているナンプロの中では充分に狭き門だ。

そして、事務所内で決まったとしても、今度は他の事務所の声優たちと役を争うことになる。事務所も声優も数えきれないくらいたくさんいるのだ。

その膨大な人数で、たった一つの席を奪い合う。

事務所内でも競争は、順位争いはもう始まっているのだ。たぶん、八重ともこの枠を争うことになる。

わたしはスマホのブラウザを閉じると、ローテーブルに並べられたオーディション原稿を手に取った。

もしかしたら、わたしが演じることになるかもしれないヒロインたち。作中でもその人気を争っている彼女たち。そう思うと、あまり得意でないライトノベルでもうまくやっていけそうな気がする。

どの子を演じられるかはわからないけど、心の内で語りかけてみる。

頑張ろうね。

——ナンバーワンに、なろう。

［#2 孤高の千歳と闇の女子力・了］

#3

gi(a)rlish number
Chapter Three

乙女な千歳と秘密のプロフィール

吾輩《わがはい》は声優《せいゆう》である。

当たり役はまだない。

代表作もない。

はまり役もない。

なんなら名前ありの役もほとんどない。

世間に知られることもない。

収入もなければ恋人もいない。

……それ、声優か？

いや、まぁ、彼氏もないというのはとてもとてもとても理想的な声優像だとわたしは個人的に思うけどね！　やだ！　わたしったらプロ意識《いしき》高い！　QOLは低い！　でもQOLって言葉は意識高い！

こんばんはー！　みんなのアイドルぅ〜、ちっとせちゃんだよぅー！　千歳《ちとせ》ちゃんはぁー！　みぃーんなのアイドルだからぁ！　仕事が恋人なんだよぉー！　うきゃ〜♪　オッケーウフフ☆　みたいなノリ！

――しかし、その仕事もあんまりないので、やっぱり恋人はいないということになる。

……やはり、吾輩、声優ではないのでは？


そんな自問がふと湧《わ》き上《あ》がってくる四月も終盤《しゅうばん》に差し掛かってきた今日《きょう》この頃《ごろ》。

相変わらず、家と大学の往復、時々スタジオというやや雲行きの怪しい日々が続いてるどうもわたしです。

わたしの未来自体はなかなか怪しい空模様だが、それと比べて、このすっきりと晴れ渡った青天の美しいこと……。

こりゃあもう、わたしのお仕事状況も雲一つない青空だね！　よし！　声優やめるか！　むしろもうやめてるまであるな！

……などと、自虐的に言って開き直ってしまえれば気分的には楽だったのだが、幸か不幸か、わたしはそこまでの厚顔無恥《こうがんむち》メンタルを持ち合わせていない。

きっかり四限まで講義《こうぎ》を受けててくてく駅まで歩く道すがら、初夏の到来を感じさせる薫風《くんぷう》が吹き抜けた。

ぽけーっと見上げれば、細い通りに沿うように、青い長方形が長く続いている。その中に、時たま塗り忘れたような白が浮かんでいた。

ほう、まるでわたしの仕事状況みたいだな……。

大部分が真《ま》っ青《さお》な空色のキャンバスをわたしのフリーダムな時間とするならば、あの白色灰色クリーム色した雲はわたしの仕事……。

業界のムーブメントという風向き次第ではどこへなりとも飛ばされて行ってしまうようなわたしの仕事は、浮雲浮浪雲《はぐれぐも》……。

もし、気象庁の人がわたしのスケジュールを見たら、文句なしにドッテンピーカン大快晴と判断するだろう。

そろそろ雨乞《あまご》いの一つもして、わたしの仕事が雨《う》後《ご》の筍《たけのこ》、わたしと誰《だれ》かの人気争い、きのこたけのこみたいになってほしい……。

そもそも声優というのは、人に選《えら》ばれてなんぼのお仕事なのである。

なってみて気づいたことというか、今更過ぎてついうっかり忘れてしまう事実……。

発注が来ない限りはお仕事したくてもできないし、かといって、自分一人《ひとり》で完結するようなお仕事は声優業界にはあんまりない。

無論《むろん》、売れっ子、大御所、人気者、アイドル、スター、レジェンドはその限りではなく、自分の歌やらラジオやらイベントやら同人活動やらと、活躍《かつやく》の幅も広いし、その数も限りないけれども。

ただ、そうしたお仕事は皆すべて、実績《じっせき》に基づいて成立している。

だから、わたしのような木《こ》っ端《ぱ》小《こ》童《わっぱ》十把《じっぱ》一絡《ひとから》げなクソモブ泡沫《ほうまつ》声優は、最初の実績をつかみ取ることに日々必死なのだ。


……そんなわけで。

事務所に呼び出されてしまったわたし。

大学すぐそばの地下鉄駅から、電車を乗り継ぎ乗り換えのらりくらりと、ナンバーワンプロデュースの事務所までやって来た。

声優事務所と言っても、別になにがどう特別ということもない。外見は普通の低層マンションっぽいタイプのオフィスビル。まさしく中小企業って感じの建物だ。立地も駅から歩いて七、八分。遠目には新宿《しんじゅく》の高層ビル群が立ち並んでいるものの、ナンプロのオフィスがあるのはその裏側の方だ。おかげで、都心といえども、心なしか落ち着いた雰囲気がある。近くにはオサレなカフェもちらほらあり、存外悪くない場所。

わたしが通っていたナンバーワンプロデュースの養成所、難波《なんば》演技研究所もこのすぐ近くにあったので、この辺りは勝手知ったるわたしの庭みたいなものだ。新宿近郊わたしの庭とか大地主過ぎてやばい。

養成所時代から通っていた煮干しラーメンの香りに鼻がひくと動くと、事務所はもうすぐそこ。オサレなカフェの前を横切れば、見慣れたビルが立っている。

それにしても、わたしが事務所に行くのって珍しいな……。いや、本来は、珍しくあってはいかんのだが。

声優が事務所に行くときは、台本を取りに行ったり、あるいはオーディション用のテープを録《と》りに行ったりするとき。

つまり、事務所に行く用事がないということは今現在の仕事もなければ、先々の仕事も、その兆しもないということである。

もっとも、その台本の受け取りだって、現場でマネージャーと顔を合わせたときに、気の利いた優《やさ》しい人なら持ってきてくれたりする。

だからまぁ、仕事がない人と仕事がめっちゃある人は、別に事務所にわざわざ行かなくたっていいのだけれども。

事務所によっては、新人声優はマネージャーやデスクに顔を覚えてもらうために、頻繁《ひんぱん》に足を運んでは、ずらっと並んで大きな声で挨拶《あいさつ》しているなんてところもあるらしい。

けれど、それはかなり特殊な例だと思う。

業界の中には所属者を二百人、三百人と抱えている大きな事務所、あるいはグループがいくつかあるけれど、新人声優が大名行列ご観覧《かんらん》一同よろしく、したにーしたにーしている事務所は一つくらいしか聞いたことがない。

まぁ、そんなにたくさんいる新人がずらっと並んでいたら普通に邪魔《じゃま》だしね……。そんなわけで、事務所によっては、その新人がずらっと並んで挨拶するのを禁止しているところもあるのだ。

そんな感じで各事務所の新人声優の扱いにもいろいろと伝統がある。

一方、わたしが所属するナンバーワンプロデュースはというと、伝統めいたことはあんまりなく、むしろ、社長の思いつきでいろいろ手を出してみてはすぐに手を引くなんてことも多い。

ノリと勢い重視のなかなかロケンローな事務所だ。

そもそも事務所の身代《しんだい》があまり大きくなく、所属者の数も少ないから、フットワークの軽さには定評がある。

おかげで、入所した新人はその時点で既に顔が覚えられているし、事務所内での競争《きょうそう》も他と比べれば激しくはないだろう。

たまーに、「マネージャーは最初に仕事をする相手！　媚《こ》びを売らなきゃ！　人脈・営業・コネクション！」みたいなことを言っている方もいらっしゃるが、その辺はまぁ、ぶっちゃけ事務所によって変わってくるんじゃない？　というのがわたしの個人的な意見だ。

こんな格言を知っている？　『よそはよそ、うちはうち……』。

というわけで、わたしはめっちゃ気軽にナンバーワンプロデュースのオフィスにもほいほい実家感覚で入っていく。

ただいまーと言う代わりに、おはよーございまーすと気軽に声を掛けて、ずかずかオフィスへ踏み込んだ。そのまま、小さな打ち合わせスペースに座り、事務所の中を眺めまわす。

オフィスには紙資料やら出演作品のサンプルやらがてんこ盛りになったデスクが二十個ほどひしめき合っていて、ほとんどの人が離席《りせき》している。

マネージャーさんはいくつも現場を掛け持ちしているので、あんまり事務所に寄り付かない人も多いと聞きますな。

現在、デスクにいるのは何人かだけ。

その中の一人、見慣れたどころか見飽きたままであるスーツ姿の男性がすっくと立ちあがる。

「やっと来たか……」

呆《あき》れ顔のあの人が烏丸悟浄《からすまごじょう》。わたしの兄にして、ナンバーワンプロデュースのマネージャーだ。おかしいな、わたし、言われた時間ぴったりに来たんだけど、なぜかため息吐《つ》かれてしまったぞ……。

悟浄君はデスクの上をがさっとひとさらいすると、わたしが待つ打ち合わせスペースまでだるそうに歩いてきた。

「すぐ行くから二階の会議室《かいぎしつ》で待ってろ。その間、これ書いとけ」

そう言って、悟浄君がなにやらペライチの紙を渡してくる。

「なにこれ……」

受け取った紙をざらーっと眺めてみると、どうやら履歴書《りれきしょ》っぽい内容のものらしかった。

なんだか、見覚えがあるような……。

うむむと首を捻《ひね》っていると、悟浄君が胸ポケットから頭痛薬を取り出して、ぷちっと一錠《いちじょう》、口に放り込む。ウォーターサーバーに手を伸ばして、そいつをぐびりと飲み干すと、人心地《ひとごこち》ついたように吐息を漏らした。

「ちょうどオーディションも迫ってきたし、いいタイミングだからな。出す前に、プロフィールとかボイサン、刷新しようと思って」

「ほーん……」

適当に返事をしながら、記入項目を適当に見ていく。すると、先ほど覚えた既視感の正体に思い当たった。

「そういや、事務所に入所したときにもこんな書かされたね」

見覚えのある項目の羅列《られつ》からぱっと顔を上げると、悟浄君が苦笑して、ふと遠い目をする。

「ああ。……お前、あんとき『趣味《しゅみ》：猫カフェ巡り♡』とかクソみたいに薄《うす》っぺらいこと書くからどうしようかと思った」

「い、いやいや、あれはあれで可愛《かわい》さ重視だったんだよ！　デビューしたての頃よりも人間的に厚みを増した今のわたしなら、もっとちゃんとしたこと書くよ！」

さすがに昔、と言っても割りとついこないだのことではあるけれども、自分の若さ故の過ちを指摘されると、小っ恥ずかしい。

口早に言い募ると、悟浄君がちらっと試すような視線《しせん》を向けてきた。

「ほーん……、じゃあ、今ならどんなん書くわけ」

問われてしばし考える。そして、くりっと小首を傾《かし》げてみせた。

「……『ふくろうカフェ巡り♪』とか？」

「流行を押さえたせいでさらに薄っぺらくなってるんだよなぁ……」

はぁと悟浄君が大仰なため息を吐く。いいじゃん、ふくろう可愛いじゃん……。

むしろ、女の子は多少ペラい趣味を答えといた方が絶対男子ウケいいとわたしは思うのですよ？

が、悟浄君はもう二十年近くわたしの相手をしてきただけあって、表面上の取り繕《とつくろ》った可愛さなど通用しないのだ。いや、通用しても困るけど。お兄《にい》ちゃんだし。

ま、とりあえず、『趣味・特技』の欄《らん》は後で考えるとして、他にはなにがあるんじゃい、と、先ほど読み流してしまった項目を再度チェックする。

またぞろ適当なこと書くと悟浄君がうるさいからな……。問題になりそうな項目は先に潰《つぶ》しておこっと。

生年月日に出身地、方言、スリーサイズ、足のサイズ、趣味・特技、芸歴、受賞歴《じゅしょうれき》、で、後は出演作品リストか……。

ほーん、まぁ、割りと普通なこ……スリーサイズ？　スリーサイズですと⁉

「ちょ！　ちょっと、悟浄君！　これ……」

慌てて悟浄君のスーツの裾《すそ》をぐいぐい引っ張る。

悟浄君はちょうどコーヒーを淹《い》れていたらしく、全然こっちを見ていなかったが、しつこく引っ張っていると、紙コップを置いて気だるげな返事をする。

「ん？」

「ん！」

わたしが紙を突きつけて、スリーサイズの項目をびしっと指さすと、脱力したような声を出した。

「……ああ」

「するっとスルーしちゃってたけど、なんなのこのスリーサイズって！　セクハラ！　セクハラだよ！」

「人によっては必要な項目なんだよ……」

「必要ないでしょ！　声優だよ⁉　わたしゃアイドルか！」

言ってから、はたと気づく。

ま、まぁ？　まぁね？　わたし、声優と言っても かなりアイドル声優寄りな存在になりそうな予感が そこはかとなくしているし、実際アイドル的な可愛さを持ってはいるから、まったく必要ないということでもなさそうだけどね？

いや、もはやアイドルどころか悪魔的な可愛さと言うべきなのではないだろうか！　だったら、スリーサイズも『十万飛んで8×』とか悪魔的にしておくべきなのではなかろうか！　フハハハハ！　お前も蠟人形《ろうにんぎょう》にしてやろうか！

などと、デーモン千歳ごっこに精を出していると、悟浄君がうんざりしたような表情でこめかみのあたりを押さえている。頼《たの》みの頭痛薬もあんまり効いていないご様子。

「お前自身はまったくアイドルではないが……」

たっぷりとっくりこめかみと目頭を揉《も》み終えた悟浄君がそう前置きをする。

「最近は顔出しの仕事も増えてきたからな。衣装の問題の兼ね合いもあって付け足したんだ」

「ほーん……」

まぁ、いつの頃からか、声優にコスプレさせて歌って踊るという光景もさして珍しいものでもなくなった。二十歳《はたち》過ぎて制服着せられるのもよくあることだ。

近頃じゃ、きゃぴきゃぴきゃるるんとした女の子をごりごりメインに押し出す作品のオーディションのときには、キャスト側《がわ》への確認《かくにん》項目の中にコスプレしてのイベント稼働《かどう》が可能かどうかなんてのも入ってたりすることがあるらしい。いや、もちろん作品によるわけだけれども。

となれば、コスプレ衣装を常識の範囲内で着こなせるかも一つの選考《せんこう》基準にはなりえるのだ。

ぐぬぬ、と歯噛《はが》みしつつもその事実を受け止めるわたし。

「スリーサイズは……まぁ、まだわからんではないけど、なんで足のサイズ……」

怪訝《けげん》な表情のわたしを見た悟浄君は、ふぅふぅとコーヒーを冷ましながら口を開く。

「お前だって服選ぶときは、靴も合わせるだろ。それと同じ。バリバリのアイドル衣装にスニーカー履かれても困るし」

「あー、なるほど」

確かに悟浄君の言う通り。そんなジグザグジグザグしたブルースなスニーカーが許されるアイドルなんてマッチくらいのものだろう。

オシャレはいつだって足元から！　むしろ、足元さえオシャレならあと全部ダメでも許される感あるもんね！　そりゃみんなオシャレ泥棒《どろぼう》になろうとエアマックス狩りに必死になるわけだよ！

とても納得のいく説明に安心のわたし。

てっきり声優を選ぶお偉方に特殊な性癖《せいへき》の人がいるのかと思ったよ。足が小さい女性声優の方が美しいとされる、みたいな。そしたら豆腐屋小町が無双しているところだった。

と、『故郷』のヤンおばさんに思いをはせていると、ふとした疑問が頭をよぎってしまった。

「……わたし、他の人のプロフィールでスリーサイズって見たことないけど」

聞くと、悟浄君は紙コップを傾けて肩を竦《すく》める。

「一般に公開するようなもんじゃないからな。内部資料だ。男でも、身長やスリーサイズ、靴のサイズ書いてるところはあるぞ」

「へー」

男子もこんなん書くんか。ていうか、男子のスリーサイズとか誰が興味あるの。S、M、Lだけ書いときゃいいんじゃないの。

声優業界やっぱりよくわかんねぇなと首を捻って いると、コーヒーを飲み終えた悟浄君が紙コップをゴミ箱に放り投げる。

「まぁ、そのあたりを全然書かないで済ませる事務所も多いし、事務所内でも人によってまちまちだ。判断は任せる」

言いながら、悟浄君は胸ポケットのあたりをがさごそやり、いそいそと煙草《タバコ》を取り出した。

「久我山《くがやま》はもう先に書いてる。二人《ふたり》とも書き終わったら連絡入れてくれ」

「あ、八重《やえ》来てるんだ」

こいつはなかなか都合がいいぜ。こういうのは一人しかめっ面で書いていても楽しいもんじゃない。高校生くらいがよくやるテスト前のファミレスでの勉強会みたいなものだ。飽きてきた頃ぐらいにやいのやいの言い合いながら相手の邪魔をしつつも、最後はしれっと自分一人だけ先に終わらせるのが楽しいのだ。友達をスマホゲーかなにかと同列扱いする最近の若者代表、烏丸千歳です。

そんなわたしの胸の内を知ってか知らずか、悟浄君は伝えるべきことは伝えたとばかりに、煙草をしゃかっと振って一本取り出すと口に銜《くわ》える。

「細かい説明はしてあるから、わかんないことあったら久我山に聞け」

「はいよー」

わたしの返事を背中で受けながら、悟浄君は喫煙スペースへとてとてと歩き始めた。

それを見送りつつ、わたしはふむんと腕組みをする。

プロフィール、プロフィールね……。そのうえ、書式のマイナーチェンジでスリーサイズも書くことになったとくれば、……もしやこれはアピールチャンスなのでは？

思わず、むふんとセクシーな笑いがこぼれ出てきてしまった。

すると、遠ざかっていたはずの悟浄君の足音が止まる。

そして、ちらと肩越しにわたしを振り返った。

「盛るなよ」

「……え？」

思わずぴくっと肩が震えてしまったわたしを一瞥《いちべつ》、悟浄君は小さなため息を吐くと、また遠ざかっていった。

☆　☆　☆

あの男、なぜわたしがプロフィールを盛るとわかったのか……。

げげっ！　さては悟浄君、エスパー!?　などと、適当なことを考えつつ、うぐぅとポンコツめいたうめき声をあげながら、階段を上る。

ビルの二階には会議室や事務所傘下養成所のオフィス、あとはまぁ、倉庫代わりに使っている部屋《へや》などがある。そのうちの一室にあたりをつけてこんこんとノックした。

『は、はい！　あ、あわ！　ど、どうぞ！』

すると、中から慌てた様子の声が返ってくる。このわざとらしいまでのはわわ具合から察するに八重がいるとみて間違いなさそうだ。

「八重、おっつー」

わたしはめっちゃ適当な挨拶《あいさつ》とともに会議室のドアを開けた。

すると八重は一人きりだというのに、部屋の隅っこ、机の端にちょこんと座っている。

「あ、ちーちゃん。おはよう」

「うん、はよー」

適当に返事しながら、ちょこまかと手を振る八重の隣《となり》に座った。

「八重、早いねー。十六時って言われなかった？」

「う、うん。けど、なんか不安で早く来ちゃうんだよね」

あははと困ったように八重が笑う。

八重はだいたいいつもそうなのである。待ち合わせの五分前にいるのは当たり前、なんなら前乗りしてるんじゃないかと疑うくらいに、遅刻をしたことがない。

「できる女だなー、八重は」

適当ぶっこきながら、はっはっはっと鷹揚《おうよう》に笑って八重の肩をぱしぱし叩《たた》く。すると、その度に八重はあうあう言っていた。アシカか。

いや、実際八重はすごい。真面目《まじめ》というか、マジというか、マメというか、重いというか、彼氏できたらDV受けそうというか。

友人がDV被害者になってしまうのは非常に遺憾《いかん》なので、八重に彼氏ができそうになったら全力で妨害してやろうと固く心に誓う友情に厚いどうもわたしです。

「そういやさ、八重、趣味とか特技とかってどんなん書いた？」

世間話もそこそこに、ささっと本題《ほんだい》へ入る。今日《きょう》わたしと八重が呼び出された理由はこのプロフィールのリニューアルについてだ。さくっと終わらせて帰って寝たい。

そういうときは、人のをパ……参考にさせてもらうのが一番手っ取り早かろう。

てなわけで、八重の手元にあるプロフィール記入用紙を覗《のぞ》き込《こ》む。

すると、八重は身を捩《よじ》ってはんなりしゃなりと科《しな》を作ると、頬《ほお》を染め、口をとがらせる。

「え、は、恥ずかしいよぅ……」

記入用紙をこそっと手で隠してしまったので、その手をぺいっと払いのける。

「いやそういうのはいらん。ていうか、どうせ公開されたらみんな見るんだしいいじゃん」

それともなにか、君は人様に見せられないような趣味を持っているのかね？　うん？　ちょっとそのあたり詳しく……と詰め寄ってみると、八重はううっと小さく唸《うな》りながら、記入用紙をそそっと差し出してきた。

「え、えっとね……、あんまり大したこと書けてないんだけど……」

えへへと照れながら見せてくれた記入用紙。その、趣味・特技の欄を拝見すると……。

お菓子作りとか書かれていやがった。

――ああん？　なんだそのクッソ女子力高そうな趣味・特技は。

なんなの、君、メルヘン星生まれのカレーの王子さまなの？　お？　どうやったら日常的に菓子作りなんてするんだよ……。

お前の実家は那須《な》《す》塩原高原《しおばらこうげん》お菓子の城か？　だったら『那須の月』はなんであんなに『萩《はぎ》の月《つき》』にそっくりなのかちょっと説明してみろっつーの。ていうか、『萩の月』って『那須の月』名付けメソッドで考えたら長州は山口県萩市の銘菓なんじゃないの？　なんで仙台名物なの？　萩名物じゃないの？　などと、とめどなく呪詛《じゅそ》の言葉が流れ出てきそうだったのをぐびりと飲み干す。

……のど越し爽《さわ》やか！

もし、八重以外がこれを書いていたなら、わたしは顔にも声にもおくびにも出さず、ツイッターの裏アカウントに個人名を出さずに罵詈雑言《ばりぞうごん》を書き込んでいたことだろう。

だが、わたしは八重を甘やかしまくることに定評のある女。それはもう『萩の月』のように甘い女。

そうやって甘やかし続け、いずれ、八重が調子こいてけっつまずいて堕《お》ちていく姿を見て、ほの暗い喜びを感じたのち、そっと優《やさ》しく手を差し伸べることに幸福を見出《みいだ》す女。

……まぁ、つまり、なんだかんだ言いながら結構それなりに八重のことは好きなのである。それはもう『萩の月』くらい好き。

なので、なんとも微笑《ほほえ》ましい気分で八重の頬をぷにっとつついてみた。

「こういうの八重っぽいね。エプロンとか超似合いそうだし」

「そ、そうかなぁ……」

八重は照れているのか、くしゃりと髪の毛をいじってはにかむ。そんな可愛らしい仕草《しぐさ》もまたエプロン似合いそうと思わせるのだ。こんな子が照れ照れしながら手作りお菓子とか渡してきたら、あれだろ、世の男子の大半はイチコロで、八重はたちまち大量虐殺者として歴史に名を刻むことになるな。

そんな女子力テロリストである八重にふさわしいエプロンはなんだろうかと、八重のエプロン姿を思い浮かべてみる。

幼い顔立ちにはアンビバレンツなトランジスタグラマー。そのしなやかな肢体を包むのはきっと、アリステイストなピナフォア。

淡いピンク色をした薄手の布地はきめ細やかな白い肌に彩りを添え、柔らかそうにはためくフリルは深めに取られた襟刳《えりぐ》りをあでやかに飾る。

ついでとばかりにウサ耳なんかをアクセントとして加えれば、わたしが考える最強の八重エプロンスタイルが完成する。

……ほう、なかなかやるな。

ひとしきり八重の姿を眺めまわして、妄想をはかどらせた結果、今や八重は『エプロンが似合う友達ランキング』ぶっちぎりの一位だ。まぁ、わたし、友達一人しかいないからな……。

無言でじーっと八重を見過ぎたせいで、なにを勘

違いしたのか、八重はあせあせしながら、ぐっと両の拳《こぶし》を握って胸の前にやり、きらきらした瞳《ひとみ》をわたしに向けてくる。

「で、でも、ちーちゃんもエプロンとか絶対似合うよ！」

「あ、うん、ありがとう……」

なにが「でも」なんだろう……。今、なぜ逆説でフォローしたのか。八重の力強い励ましに、逆に不安になるわたし。わざわざ言い添えてしまった感が社交辞令っぽくてなんとも嘘《うそ》くさい……。

いや実際、わたしがふりふりエプロンを着てもそれなりに様にはなるだろう。外面というか外見にはそこそこ自信があるのだ。

問題は内面である。

わたしの内面をよく知る者、例えば悟浄君あたりが、わたしの可愛いエプロンドレス姿を見たら、そりゃもうなんかの企画ものかと思うこと請け合い。なんなの、企画ものって。なんのＤＶＤ見てんの悟浄君。最低！　セクハラ！

とはいえ、実のところ、わたしもどうせエプロンを着るなら可愛い方が嬉《うれ》しい。

それこそ、仕事の衣装として着るのであればきゃるるんと着こなしてみせる。

だが、プライベートの場合には、八重みたいにふりっとふわっとしたピナフォアタイプは選《えら》ばないだろうとは思う。似合わないからというわけではまったくなくて！

……ただ、まぁ、その、いかにもこてこてに可愛いものはちょっと、……恥ずかしい。

おうちで一人ファッションショーをする場合にはむしろノリノリで着るし、くるっとターンで姿見に決めポーズまでしてみせるだろうが、それを見た悟浄君がドン引きで呆《あき》れ顔《がお》をしている姿まで想像できてしまう……。

だから、エプロンを選ぶとすれば、ギャルソンエプロンとかカフェエプロンとかかな。

そして、ちょっと澄《す》ました顔で「は？　別にわたし料理もできるし、得意料理はクラムチャウダーで、エプロンも似合いますけど？　休日はロードバイク転がして一眼レフで空を切り取ってますが、媚びを売ったりはしないんですけど？」みたいな自称サバサバ系サブカルクソ女的ポーズを取る。取ってしまう……。

悲しいかな、それがわたしの習性なのだ。

ことに、対悟浄君への反応は間違いなくこうだと冷静にシミュレーションできる。

兄の前で、女の子らしい素っぽさや趣味を晒《さら》すなどわたしは死んでも避《さ》けるだろう。もはや、わたしが悟浄君の前で女の子っぽさを見せるのはそういうフリであり、ギャグだという認識すらある。

いやー、わたしが言うのもなんだけど、ほんと、世の中にはね、サバサバ系気取ってんだかなんなんだか、女性らしさというか女の子っぽさみたいなのから遠ざかってますよアピールしたがる自称サバサバ系がよくいるんですよね。

だいたい、自称サバサバ系っつってて、本当にサバサバしていた奴《やつ》なんて見たことない！

そういう自称サバサバ系女は普段《ふだん》は強気にふるまって毒舌という名のデリカシーのない悪口を吹きまくり、好きな映画『コヨーテ・アグリー』とかぬかすくせに、不定期に落ち込んで涙の一つも流してみせちゃあ『……でも、本当はね、鯖《さば》だって味噌《みそ》で煮られれば死んじゃうし、女の子は弱いんだよ？』とか言い出すに決まっているのである。大抵の生き物は塩で焼いたって死ぬだろ。

自称サバサバ系と自称ドSほど信用ならない奴らはいない。距離感とかコミュ力ってやつを勘違いしてるからな、連中。そういうところも含めて、サバサバ系のどうもわたしです。

とは言いつつも、わたしだっていつ声優バラエティ的な番組に呼ばれて、クッキングすることになるかもわからん。

それにいちいち考えるのもめんどいし、八重が書いたの、パクッとくか。

ペンを握ると、さらさらっと書き込んだ。お菓子作り……っと、そう書いたものの、いまいち納得がいかない。ペンで頬をぷにぷにしながら、ふむ？と首を捻る。

……なんか弱いかな？　お菓子作りなんてちょっと気の利いた女の子なら誰でもできることだし、なんなら気を利かせ過ぎて余計なアレンジを加えた結果、手間暇とお金をかけて、心のこもったゴミを作ってしまうことだってままあることだ。

他の人と差をつけようと思うのならば、ここは、ある意味逆に意外性を狙《ねら》って、「お菓子の家づくり！」とかにしておくと、女子力と同時に男子力までアピールできてしまうのでは？　……最近流行《はや》ってるからな、D・I・Y。

しかししかし、バラエティ的に考えると、普通に料理がうまい子なんて求められていないのでは？ここはあえて逆に「創作料理」とか書いておいて、わざとやってんのかというぐらいに見た目の酷《ひど》い料理を作っていじられる展開を待つべき？　どうでもいいけど、最近の声優さんはトークスキルはもちろんのこと、フリップで大喜利もしないといけないから大変だよな……。

あの辺の人たちとこれから戦っていかなければならないのに、手元の武器があまりに頼《たよ》りない。

などと、仕事を獲《と》る前に先々のこと考え過ぎて八方塞《ふさ》がりになってしまった。正解が存在しないクイズをやらされているようなものだ。

プロフィールの趣味や特技、それを書くことに意味はあるのかな……とか言いながらポロロン♪　とカンテレの一つも弾きたくなる。

わたしの特技ってなんだろ……。

しまいには、そんな意識の低い就活生みたいなことを思う始末。もし、わたしがサークルに参加していたら、就活直前の時期に急遽《きゅうきょ》富士登山やアジア旅行で自分探しと面接のネタ作りをして、とてもお手軽に日帰り目頭切開よろしく視野を広げ、十何万円程度で見つかってしまうリーズナブルな自分を発見していたことだろう。

いや、ほんと就活とか面接とかエントリーシートとかなに言っちゃってんのって感じだよね。

あんな紙切れとか短い面接でわたしのなにがわかるというのか！

せいぜい、わたし自身がペラいということくらいしか伝わらないのではなかろうか！

……結構わかるもんだな。

あ、いやいや、そこは伝わってもらっては困るわけで。せめて、この胸の厚みくらいはちゃんと伝えたいものですね！

しかし、人間性のペラさと胸の厚みに関してはわたしよりも第一人者がいる。

参考にするべき我が友。頼りになる我が友。わたしのいいところを言ってくれるであろう我が友。我が友過ぎて、たぶん虎《とら》になっても「おお、そのペラさと胸は我が友八重ではないか」と気づくレベルの我が友。

そんな我が友、八重に聞こえるように、今度は口に出して呟《つぶや》いてみる。

「わたしの特技ってなんだろ……」

そんなどうしようもないわたしのぼやきに、八重がはわっと焦りながら、何事か一生懸命《いっしょうけんめい》考えている。

「え、えっと、ちーちゃんは……」

顔を俯《うつむ》かせ、指先をくるくると手遊びし、なにがしかの言葉を紡ぎ出そうとする八重。

視線を泳がせ、目をぐるぐる回しながらも、自信なさげに口元がほころぶ。

「ちーちゃんは……」

「……ちーちゃんは？」

ぐぐっと椅子《いす》ごと体を寄せて、八重を覗き込《のぞこ》むわたし。

すると、顔を上げた八重がにっこり笑った。

「………」

MUGO・ん……。

とても優しげに、ともすれば色っぽく、にこっと微笑まれてしまった。

なにも思いつかんのかい。

思わずわたしも自嘲《じちょう》を含んだ微笑みがこぼれ出てしまった。

二人してにっこり笑って、沈黙《ちんもく》を誤魔化《ごまか》すと、今の話題をなかったことのようにするっと流して、脈絡なく、違う話へボソンジャンプ！

「ていうかさ、八重ってどんなお菓子作るの？」

「クッキーとかマフィンとか……あっ！　こないだマカロン作ったよ！」

マジかよ、マカロンってあれだろ、オシャレなやつ。わたしもラデュレとかピエール・エルメとか好きだけど、あれは作るもんじゃなくて貰《もら》うもんだぞ。それを作れちゃうとかやばい。あと、あんなに後片付けが面倒《めんどう》くさいもんを平気でできるのがすごい。

「へぇ、ほんとに特技なんだなぁ」

可愛いふりしてこの子割りとやるもんだなぁと結構本気で感心して言うと、八重がぽしょっと自信なさげに言い添える。

「え、えっと、い、一応……。時々、失敗もしちゃうけど……」

えへへという照れ笑いは謙遜《けんそん》と言うより、自嘲の色が強い。察するに、八重のお菓子作りの勝率はそこまで高いわけではなさそうだ。

「まぁ、そうか。お菓子作りってグラム数とか正確に量んないといけないもんね」

「え？　うん、そうだけど、それくらい別に……」

はてと小首を傾げて、ほけーっとしている八重を見ていると、つい意地悪心が働いてしまう。

「いやいや、八重は結構豪快だよ」

「豪快、かなぁ……」

うーんと首を傾げる八重の肩をぽんぽんと叩く。

「グラム数とか重さ的なのいつも適当じゃん。プラマイ一キロは誤差！　みたいな」

「た、体重だったら三キロまでは誤差だよぅ……」

八重が口元をもにょらせて、拗《す》ねたように可愛く呟く。しかし、思った以上に豪快だな、こいつ……。

「そ、それに！　お菓子作りは特技じゃなくて趣味だからいいのっ！」

ふくれっ面でぷんすかしている可愛い姿を見てわたしが満足していると、八重がなにか気づいたようにはたと手を打った。

「あ！　ちーちゃんも趣味の方を書くといいんじゃない？　趣味は別に得意なものじゃなくてもいいんだよっ！」

ぶいっ！　と可愛らしいVサインで励ましてくれる八重。

そして、さりげなく、なにも得意なものがないと断定されているわたし。

「それね」

などと、適当な相槌《あいづち》を打ちつつ、その後も適当な会話を続けながら、わたしたちは空欄を埋めていく。

それでも、わたしの趣味・特技の欄でやはり筆は止まってしまった。

わたし、趣味もないんだよな……。

いや、趣味らしきことに、何度か挑戦したこと自体はあるのだ。

例えば一時期、学校でギターが流行ったことがある。無論《むろん》、わたしもそのブームに乗っかって、悟浄君のギターをちょろっといじっていた。

が、結局、もっとうまくなってから、「ギター？……ああ、わたしもちょっといじってるけどね？」とクールに言い出そうと思った結果、ついぞその言葉を口にすることはなかった。

そんな感じで、挫折《ざせつ》することがほとんど。

なんでかわたしのような人種は、趣味をホビーや娯楽と捉《とら》えることができないのだ。どうしたって、ステイタスと考えてしまう。

その結果、「趣味とか言っておきながらその程度のレベルなの？　ぷーくすくす」と言われるのがめちゃくちゃ嫌なので、無趣味に落ち着く。今や、ド定番の読書や映画鑑賞《かんしょう》でさえも、『にわか』と言われるのが怖くて、おちおち好きと意思表明することもできない世の中になってしまった気がする。言いたいことも言えないこんな世の中じゃ……。

そんな世の中にあって、趣味は好きなものだからうまいへたは関係ないと言える八重はなかなか懐《ふところ》が広い。

今も、その好きなものをちゃんとプロフィールに反映させようと、小さな丸文字で一生懸命いろいろ書き込んでいた。

そんなハムスターが必死にヒマワリの種を口の中に詰め込むような姿を見ていると、ふっと笑みがこぼれてしまう。

あれだな、八重は小学生の頃に流行った「プロフィール帳」みたいなやつを熱心《ねっしん》に書いてたクチだな……。

あのプロフィール帳文化もなかなか奥が深い。

誰に書いてもらうか、それを頼む順番はどうするか、書いてもらう男子はどのラインまでか、また書いてもらう際には誰かの好きな人ではないか、とか結構駆け引きがあったりした。

あれは、とても高度な政治的判断が必要とされる文化だったぜ……。今時の小学生だともうやってないのかな、今や小学生でも普通にケータイ持ってるし……。

などと、考えていたらふと思い至る。

小学生の時分から、女子社会で弾《はじ》かれぬよう、政治的力学を気にしていたわたしの特技は『女子政治学』なのではないだろうか！　もっとも、結果弾かれまくっていたから一切その政治学は修められていないのだが。これはもはや、特技『女子テロ』と言った方がいいレベル。

けれど、こんなのは女子なら誰もが経験することだ。

女子社会ではハブりハブられの一度や二度は当たり前。二度あることは三度あるし、三度の飯よりハブが好きだから、都合四度はハブられた経験があるはずである。

男子家を出ずれば七人の敵《てき》ありと言うが、女子の場合は四方八方に敵がいるので、自分以外に計十二人は敵がいる計算。その中に自分を含めれば十三人となるので、歴史的事実を鑑《かんが》みても裏切り者が確実に一人はいることになる。なんなら十三人とも刺客までである。

だから、『女子政治学』も『女子テロ』も、他の人と差がつく要素ではない。はっきり言って、そんなのは女子標準《ひょうじゅん》装備であり、普通のことだ。

言ってみれば、「わたし、烏丸千歳！　どこにでもいる平凡な新人声優！　オーディションに向けてプロフィールを書き直そうと思ったら、他の人と差がつく要素がどこにもなくて!?　これからわたし、どうなっちゃうのー!?」状態。

……ほんとどうなっちゃうんだろう。

などと、考えると落ち込みそうだったので、ぶんぶん頭を振って、気分を切り替える。

落ち着け。クールだ、クールになるんだ烏丸千歳。慌てない慌てない一休み一休み……。ぽくぽくぽくぽく……。

ちーん！

どうせわたし、普通なんだし、逆に他の人と差をつけないことも戦略の一つなのでは？

特技なんかであえて差をつけない。となれば、逆にどこで差をつけるのか。

それは本人の芝居もある。役への向き不向きもある。あとはまぁ、実績とか人気とか……。

そのあたりで今のわたしが勝てるとは思わない。けれど、確実なアドバンテージがある。

それは、まだわたしがド新人であること。

そのキャリアのなさと仕事のなさは、ある意味逆に、売れている人たちとの明確な差だ。つまりは予算やスケジュールを気にせず使いやすいということであり、これはわたしが勝っている点と言える。やだ、わたし賢《かしこ》い。

そうと決まれば人気声優さんたちのプロフィールからごりごりパクらなきゃ！

ガハハ！　こりゃ楽勝だな！　と勝利の高笑いをするわたしを、八重が「ほへ？」と不思議そうな目で見てくるが、そんなことは気にせず、スマホをいじってふりっくふりっく。

すると、じゃんじゃんばりばり出てくる声優さんたちのプロフィール。名前知ってる事務所から順に見ていってるけど、それにしても声優さんって今本当にたくさんいるんだなぁ。パクり放題だ。

ウキウキしながら見ていると、気になる記述を発見した。

……やだ、この人、特技ハンドマッサージとか書いてあってなんだか卑猥《ひわい》！　卑猥だわ！　ふえぇ……。身体接触は卑猥過ぎるよぉ……。でも、そこはかとなくエロいからこれはこれでぜひパクろう！

そんな調子《ちょうし》で、ひたすら人気声優さんの書いているプロフィールからパクり続けること数分。気づけば、記入欄はぱんぱんになっていた。

お菓子作り、スノーボード、英会話、ハンドマッサージ、アロマテラピー、整体《せいたい》、オイルマッサージ、リンパマッサージ……。

うむ、これだけ書いたら充分だろう。充実感たっぷりに自分のプロフィールを見直してみる。

そして、はてと首を捻った。

……こいつ、ほんとに声優か？

☆　☆　☆

吾輩、本当に声優だろうか。と、またぞろ不安に駆られながらも、プロフィール記入用紙の大半を埋めることに成功した。

先ほどよそ様のプロフィールをさんざ見ていて思ったけれど、なかなかどうして奥が深い。

例えば、生年月日と一口に言っても、個人や事務所によっては誕生日《たんじょうび》だけ載せていて、年齢《ねんれい》や生まれ年は書いていなかったり、音域の表記がある事務所とない事務所があったりと事務所ごとの方針や個性が透けて見える。

声優さんが好きな人はこういうプロフィールをネットで眺めているだけで、一日潰せるんじゃないかと思う。

実際、書いている側のわたしも一日潰してしまっている……。

そんなこんなで、なんとかほぼすべてを記入し終え、残った項目はただ一つ。

そう、スリーサイズである。

「……八重、覚悟はできた？」

「う、うん……」

わたしは、さっき事務所から借りてきたメジャーをしゃーっと伸ばすと、じりじりと八重に近づいていく。

すると、八重がこくりと小さな喉《のど》を動かして、決意と怯《おび》えの混じった瞳でわたしを見る。

八重は、ニットのプルオーバーの裾をそっとつまみ、ゆっくりとたくし上げると、躊躇《ためら》いがちにそれを脱いだ。

そして、キャミソール姿になると、観念したように弱々しく両手を挙げた。

「い、いいよ……」

そう震《ふる》える声で言いつつも、八重の頬は羞恥《しゅうち》に染まり、視線はしどけなく床の片隅に外されている。

相対するわたしもなんだか恥ずかしくなってきて、顔を逸《そ》らしながら八重の身体《からだ》を抱くように、メジャーを回し、その豊かな胸元へ這《は》わせていく。

八重の着ているキャミがつるつるした素材でできているせいなのか、それとも、直視できないせいなのか、メジャーはなかなか定まった位置に留まって

くれない。

　メジャーがずれるたびに、八重がむずがるような吐息を漏らす。……なんか、自分がダミーヘッドマイクになった気分。

　指先に伝わる温《ぬく》もりと鼓動。鼻をくすぐるシャンプーとアナスイの匂い。それらを極力意識しないように、わたしはメジャーをきゅっと絞る。すると、あうっと小さな悲鳴が漏れた。

「ち、ちーちゃん、ちょっと苦しい……」

「あ、そう？」

　言われてはたと気づく。まぁ、確かにめり込んでるもんな……。ほんなら緩《ゆる》めるかーと緩めていくと、その分、目盛りの数字は大きくなる。
　85、86、まだ八重の顔が苦しそう……。87、88、ま、まだ増えるのか……。
　89、90……。すると、ようやく八重の顔がほっと落ち着いてきた。
　そこからさらにもうちょっとずつミリ単位でメジャーを緩めていくと、驚異《きょうい》の数字が出ていた。胸囲だけに……。

　どっひゃあ〜！　おめー、すっげぇな！　オラ、おでれぇたぞ！

　可能な限り穏《おだ》やか心でもって静かな怒りに目覚めそうな自分を抑え込みつつ、八重の胸囲をさらっと書き留める。

　それを待つ八重は真っ赤《まか》な顔ではふぅと、疲れと照れが入り混じったため息を吐いていた。

「はい、つぎウエストね」

「……ちーちゃん、ちょっと待って」

　言うや、八重はなんの躊躇いもなく、ぺろんとキャミソールをたくし上げ、お腹《なか》を晒す。そこには、先ほどまでの恥じらいがまったくない……。

「ふぅー……」

　八重が静かに息を吐き始め、その息吹《いぶき》が深くなっていくとともに、お腹が引っ込んでいく。

　そのうち「こほおおおぉぉぉ……」とかやたらかっこいい息を吐き出した。なんなの、君は千葉《ちば》真一《しんいち》なの？

　やがて、サニー八重はくわっと目を見開き、わたしに合図を送る。

「ちーちゃん！　今だよ！」

「お、おう……」

八重の鋭《するど》い眼光に気圧《けお》され、いそいそとしゃがみ込み、八重のお腹にメジャーを巻く。

「えっと、ろくじゅ……」

と、その数字を読み上げかけたところで、ぽんと肩を叩かれた。見上げると、八重はサムズアップで苦み走ったダンディスマイルを浮かべている。

「……まだだよ。……まだいける」

「お、おう……」

無駄に渋い声で言われてしまっては、わたしもメジャーをきりきりと締め上げていくほかない。

その間、八重はやけにかっこいい顔だった。少しでもウエストを細く見せたい乙女心《おとめごころ》とは裏腹に、その表情は戦地に臨《のぞ》む漢《おとこ》のものだ。

そして、最後にきゅっと力強くメジャーを絞り、その数字をさらっと書き留める。

すると、八重が前のめりにがぶりよって、メモ書きを凝視《ぎょうし》してきた。その鬼気迫る勢いにさしものわたしもたじろいでしまう。

が、その鋭い眼光が一気に緩み、じわぁとうるみ始めた。

「ううっ……」

かくっと崩れ落ちる八重に掛ける言葉を探すわたし。

「あー、えっと、いや、バストの数字から考えれば全然悪くないと思うよ？」

「うん……」

今にも泣き出しそうな声で返事をする八重。茫然《ぼうぜん》自失《じしつ》といった感じである。さ、八重が大人《おとな》しくしているうちにヒップも測っちゃお。

しゅるっと手早くメジャーを巻いて、その数字を書いておく。

これで八重のスリーサイズは測り終えたわけだが、八重は「やっぱりあのお菓子が……」とぶつぶつ言っていて、まるで反応がない。

「……自分で測るか」

と、自分の胸元にメジャーを当てようとして、その手がぴたと止まる。

頭によぎるのは先ほどの驚異の胸囲。

……ま、まぁ、ほら、わたし、スレンダーなタイプだからね。乳比べなどという争いからはサレンダーするタイプなんだよ。

そう、争いは、なにも生まないからね……。

スリーサイズ、それは声優にとって大事なことかな。正直に書けばいいってもんじゃない。ポロロン♪　と涙の一つもこぼれそうである。

メジャーをしゅるっと巻き戻して、ぽいーと放り投げ、代わりにペンを手に取った。

そして、スリーサイズの項目にしゃっと斜線を引く。

……まぁ、わたしのスリーサイズは秘密の数字ってことで。

［＃3　乙女な千歳と秘密のプロフィール・了］

#4

gi(a)rlish number
Chapter Four

ナチュラル千歳と飾らない写真

声優《せいゆう》とはいったいなんなのか。

その質問《しつもん》に、多くの人間が「声のお仕事」と答えるだろう。アニメやゲームのキャラクターに声を当てたり、ナレーションをしたりするお仕事、役者さんというのが一般的な認識《にんしき》だと言える。

けれど、いつの頃《ころ》からか、そのお仕事は多様化し、今じゃ歌って踊るのは当たり前、なんなら写真集だって出すし、バラエティ番組に呼ばれてロケにトークに引っ張りだこ。

声優とはいったいなんなのか。

そんな疑問が改めて浮かぶ。

うら若き乙女《おとめ》の身でありながら、スリーサイズなんて書かされれば、わたしでなくたって、そう思うはずだ。いや、むしろ、わたしこそ思うはずだ。

なんせアニメの仕事、週に一回あるかどうかってレベルだし、それもだいたいバーターで突っ込まれてるモブいモブばかり……。

なのに、なぜか今、どこに出すとも知らぬスリーサイズを測っている。

……わたしの職業《しょくぎょう》、なんじゃらほい。


そんな思いを共有できるのは、わたしの数少ない友人、久我山八重《くがやまやえ》だけかもしれない。

事務所が公開するプロフィール更新のために呼び出されたナンバーワンプロデュース社屋、会議室《かいぎしつ》の一角。

わたしと八重は、今しがた書き終えたプロフィール記入用紙を前に、大きなため息を吐《つ》いた。

晩春の夕映えがブラインドから差し込み、わたしと八重が書いたプロフィール記入用紙を淡く照らし出す。

「八重、書き終わった？」

「うん、一応……」

お互い確認《かくにん》するように、ちらっと相手の手元に視線《しせん》をやった。

わたしも八重も、中間テストの試験《しけん》結果を返されたときみたいに、見せたくない部分をさりげなく手で隠している。

まぁ、見なくてもつい先ほど、スリーサイズを計測したから数字は知っているんだけど。

書かないつもりでいたスリーサイズだが、結局、八重の無言の圧力に屈する形でわたしも一応測った。

……だが、その通り書くとは言っていない。

おそらくは、わたしも八重も、数字を盛ったり減らしたりしているのだ。

だから、知りたいのは、実測した数字ではなく、記入した数字。

その差がいかほどか。どこまでなら、経歴詐称に問われないのか。何センチまでなら乙女の可愛《かわい》い嘘《うそ》として許されるのか。どの程度までなら見栄《みえ》を張っていいのか。

そう、これは乙女のプライド。

わたしが八重の手元を覗《のぞ》き込《こ》むと、八重はすすっと体の位置を入れ替えてしっかりガードする。そのガードぶりたるや、多い日も安心。

けれど、わたしは自称毒舌キャラという免罪符によって、デリカシーのないことを平気で言う女。それで嫌われたら誰《だれ》にも理解されない可哀想《かわいそう》なヒロイン気分に酔って自分を正当化することができる自称サバサバ系な女。自称毒舌自称サバサバ系ついでに自称ドSはだいたい性格がゴミ。これ豆知識な。

なので、開き直って単刀直入聞いてみる。

「実際どんぐらい盛った?」

「も、盛ってないから! 一センチも盛ってないよ!」

八重は己の正しさを主張するようにむんと胸を張って言う。そりゃまぁ、その胸なら盛る必要はあるまいよ……。

「……じゃあ、どんくらい減らした?」

聞き方を変えると、八重はこそっと視線を外して、ぽしょりぽしょりと呟く。

「……ご、いや三センチ、とか、くらい?」

こいつ、なかなか大胆だな……。さすがのわたしも五センチは盛れない。その、女は度胸と言わんばかりの豪胆さに恐れおののいていると、八重は不満げに口を尖《とが》らせわたしを見る。

「ちーちゃんは?」

「ちょっと盛った、かな……。うん、まぁ、ちょっとね?」

そう言うと、八重はきょとんとしていたが次第ににんまりとほの暗い笑みを浮かべる。おそらく今のわたしも似たような顔をしているだろう。

　わたしと八重は顔を見合わせて、えへへーと可愛らしい微笑《ほほえ》みを交わした。

　お互いに嘘《うそ》を認め合い、罪を許し合い、弱みを握り合う共犯関係にも似た絆《きずな》……、人はそれを友情と呼ぶのです……。

　でも、女の子の嘘はいい嘘だからセーフ！　むしろ、自分をより良く見せたいという向上心の表れだからセーフ！　向上心のないものは馬鹿《ばか》だと『こころ』の先生も言っていたからセーフ！　それどころか秘密は女を女にするからセーフ！

「まぁ、ぶっちゃけ、これくらいなら全然大丈夫だよね？」

「うん！　まぁ、ちょっとくらいはね！」

　八重の力強い同意を得て、わたしも俄然《がぜん》気が大きくなる。

「だよね！　もっとやばい嘘吐いてる人たくさんいるもんね！」

「そ、そういう問題かなぁ？」

　うーんと難《むずか》しげな顔で首を傾《かし》げる八重に、わたしはばーんと胸を張る。

「そういう問題だよ！　かおたんさんなんて、こないだラジオで弟と出かけた話してたけど、あれって絶対か……」

「はわっ！　別に言わなくていいし知りたくないよぅ！」

　八重が慌てた様子でわたしの口を手で塞《ふさ》いだ。おかげでもごもご言ってしまうわたし。

　乙女にも言えないことはたくさんあって、声優にも言えないことがたくさんある。

　つまり、女性声優は秘密の塊。

　となれば、声優界は秘密の園。

　だから、内側にいるととても楽しい。

「ちーちゃんはすぐそういうこと言い出すんだから、もう……」

　しかし、八重はわたしとは違う意見らしい。不機嫌そうにぷくっと頬《ほお》を膨《ふく》らませている。

　その可愛らしいほっぺをつつきながら、わたしは微笑んでみせた。

「でもさ……、こういう話って今しかできないじゃん？」

「そ、そう？」

八重が訝《いぶか》しげに首を捻《ひね》った。それはわたしの声音がいささかしんみりと、どこか寂しげな響《ひび》きを伴っていたからかもしれない。

今だけ、という言葉は明るいイメージと暗いイメージ、どちらも与えてしまう。

だから、わたしはことさら優《やさ》しく微笑むと、八重の肩をぽんと叩《たた》いてやった。

「そうだよ。売れてくると、いろんな人と利害関係が生まれちゃうからね。へたなこと言えなくなるからね」

売れてない声優ほど、他の声優のゴシップをやたらと話すのだ。売れている人たちや名前の知られている人たちとはなんの関《かか》わりもないくせに、やっかまずにはおれず、せめてゴシップや悪口陰口の一つも叩かないことには、自身のプライドを保っておくことができない。

それが売れない声優である。

この、「売れない声優」とわざわざ自分で声優と言うあたりにも肥大化しきった承認欲求と自己顕示《けんじ》欲が現れている。

が、不思議《ふしぎ》と、売れてくるとあまりよそ様の悪口やらを言わなくなってくる。いや、中にはそのまま調子《ちょうし》ぶっこいて現場で顔を合わせた程度のスタッフやラノベ作家には挨拶《あいさつ》しなくなるなんて人も一部にはいるのだけれど。それでも、大半の人は言動が柔らかくなる。

しかし、それも別に謙虚《けんきょ》になったとか人間的に成長したとか社会人としての自覚が出てきたとか、あるいは先輩《せんぱい》や業界によって型に嵌《は》められたというような理由からではまったくなく、いつ後ろから刺されるかわからないから無難《ぶなん》なことを言うようになるだけなのだ（わたし調《しら》べ）。

わたしはそこんところを八重にこんこんと説く。

「だから、こういうのは今しか楽しめない会話なんだよ！　今のうちに人の悪口ばんばん言おうよ！　今を大事に生きなきゃ！」

「ちーちゃんは後ろ向きに前向き過ぎるよう……」

八重は聞いて損したと言わんばかりに、かくっと肩を落とす。

　すると、その視界には先ほど書き終えたプロフィール記入用紙があった。八重はそれをすっと手に取り掲げて見せる。

「そ、それより！　これ、もう書き終わったし、烏《から》丸《すま》さんに渡しに行かない？」

「そっか。そだね」

　まだまだ売れっ子声優たちのゴシップを話していたい気分ではあったが、わたしも今日《きょう》は遊びに来たわけではない。一応仕事に関わることで呼び出されているのだった。

　しぶしぶ話を打ち切り、わたしがさっとスマホを取り出すと、八重がほっと胸を撫《な》で下《お》ろす。

「んじゃ、さくっと悟《ご》浄《じょう》君呼んじゃうね」

「よ、呼んじゃうんだ……」

「うん、まぁ、悟浄君終わったら呼べって言ってたし」

「そ、そっかぁ……」

　わたしがぺぺっとメッセージアプリを起動していると、八重がどこか不安げな声で相槌《あいづち》を打った。その模糊《もこ》とした息遣いが気になって、八重の方をちらと見る。

「なんかまずいことあった？」

　聞くと、八重はぱっと顔を上げてわたわたと胸の前で手を振る。

「え？　え、えっと……、渡してそのまま帰るつもりだったからちょっと……。チェックとかされちゃうのかなぁって……」

　そして、困ったようにえへへーと笑う。言われてわたしもスマホをぷにっと頰《ほお》に押し当てて、しばし思案顔。

「まぁ、悟浄君は絶対チェックするだろうね。あの人、めっちゃ細かいから。烏丸悟浄どころか烏丸小《こ》姑《じゅうと》って感じだよ」

「そっかぁ……。それは、ちょっと困るかも……」

　言いながら八重は自分の身を抱くようにして、体を捩《よじ》る。

　ふむ。まぁ、誰だって小姑からあれこれ言われるのは好きではなかろう。

　わたしは小姑君の小言にはすっかり慣れてしまっ

ているので、さほど気にはしていないのだが、八重は小姑チェックにどこか怯《おび》えているようにも見える。ここは一つ、小姑対策を伝授してやるとするか……。

　わたしは八重の頭をぽふぽふと軽く撫でつつ、安心させるように努めて明るい声で話しかける。

「まぁさ、小姑になんか言われてもはいはい言っとけば平気だよ。嫁姑小姑戦争だって、最終的には味《み》噌《そ》汁《しる》の塩分次第でこいつら程度いつでも殺せるって思ってたら気が楽じゃん。そんな感じでどーんと構えてたらいいんだよ」

「ちーちゃん、すごい……。けど、ちーちゃんとは絶対結婚したくない……」

　八重は大人《おとな》しく撫でられつつも、その眼差《まなざ》しには羨望《せんぼう》とドン引きが入り混じっていた。

　おかしいな、わたし、結構いいこと言ったつもりなんだけどな……。いえ、まぁ、ちーちゃんと絶対結婚したいと言われるよりはいいんですけどね……。いや、待てよ？　逆にそういうこと言い出して百合《ゆり》営業するのが正しい声優の在り方では？

　くっそ、声優業界マジ難しいな……。どういう立ち振る舞《ふま》いが正しいんだ！　芝居に歌にダンスにトーク、さらにはイメージ戦略まで練っていかないといけないとかハード過ぎる。

　声優とはいったいなんなのか……。

　またぞろ抱いてしまった素朴な疑問に未《いま》だ答えを出せぬまま、わたしは適当な鼻歌を口ずさみ、スマホをいじる。

「なんだなんだ声優ってなんだ〜♪　仕事の他にも営業あるぞ〜♪　立てば百合レズ〜♪　座ればぼっち〜♪　出かけるときは弟営業〜♪」

　すると、八重がぽこぽこと猫パンチしてくる。

「はわぁ！　だからそういうの言わなくていいって言ったのに！　言ったのに！」

「え？　あー、弟営業のこと？　別にかおたんさんのことじゃないって。一般論《いっぱんろん》だよ一般論」

「全然一般論じゃないよぉ！　ていうか、私、普通にかおたんさんのファンなんだよ？　ファンの前でそういう話しちゃダメだから！」

　八重はひんひん半泣き状態でわたしの袖《そで》をくいくい引っ張る。その仕草《しぐさ》は散歩をせがむアホなチワワみたいでちょっと可愛い。ははは、こいつめこいつめ可愛いなーよーしよーしよしよしと頭を撫でて、八重を適当にあしらって、わたしは悟浄君を呼び出すメッセージをぽちーっと送信した。

…………まだかな？　遅いな、悟浄君。

悟浄君が来るまで、暇つぶしがてら八重と雑談してるか。

「ていうかさ、声優でも他の人のファンとかなるんだね。珍しい……」

「ちーちゃんが声優さんに興味なさ過ぎなだけだよぅ。ちーちゃんは好きな声優さんとかいないの？」

問われて、わたしはスマホの画面に視線を落とす。

「……いないなぁ」

ごく小さな声で言うと、八重はだよねと言わんばかりの吐息をこぼす。ご納得いただけたようでなにより。理解ある友達っていいものですね！

けれど、そんな八重でもわからないことはある。

例えば、わたしが好きな、いや、好きだった声優のこととか。

昔は、いたのだ。

ファンというほど熱心に追いかけたりはしていなかったけれど、応援していた声優さんが。

ふと、そんな昔のことを思い出してしまったせいで、会話が途切れた。八重が不思議そうにわたしの顔を見上げる。それを誤魔化《ごまか》すように、わたしは無《む》理矢理《りやり》に前の話題を引き戻した。

「でもさ、好きな声優さんだからこそ、プライベートが気になるもんなんじゃないの？　知らないけど」

適当にふっと思いついたことを言うと、八重はしばし首を捻る。

「うーん、どうかなぁ。……あ、でも、かおたんさんほんとに弟さんいるよ！　だから、大丈夫！」

やがて思いついたようにぱふっと手を打つと、その手を胸の前に持ってきてむんと力強く頷いた。

なにが大丈夫なのかまるでわからん。異議あり！本当に弟がいることは弟営業の否定にはつながらないぞ！

「いやいや。だとしても、姉弟で買い物行ったりするわけないじゃん」

わたしがないないとばかりに手を左右に振って言うと、八重はぱちくりと目を二、三度瞬《またた》かせる。そして、小首を傾《かし》げてわたしを上目遣いに見上げてきた。

「そう、なの？　でも、ちーちゃんもお兄《にい》さんと仲良いよね？」

「は？　別に仲良くないけど……」

なに言ってんだこいつ……。

「わたしんとこ、かおたんさんと違ってリアル兄だよ、仲良いわけないじゃん」

「か、かおたんさんもリアル弟だよぉ！　……たぶん！」

今、こいつなんか付け足したぞ……。

「リアル兄妹って別に仲良くないと思うけどなぁ。会話全然しないこともざらだし、ケンカも普通にするし……」

自分の日常を振り返ってみても、悟浄君と特別仲が良いという意識はない。ここ最近はムカつくことを言われるのが多いし、むしろ険悪とすら言えるのではなかろうか。

などと、思っていたのだが、八重から見たわたしたちはちょっと違うらしい。

「ちーちゃんは烏丸さんと仲良いと思うけど……」

「いや、だからさ……」

「だって、仲良くないとスリーサイズとか教えられないし……」

呆《あき》れ交じりに呟《つぶや》いたわたしの言葉を遮って、八重がぽしょぽしょと囁《ささや》くように言った。ふと見やれば、八重は頬を染め、しどけなく俯《うつむ》いている。

……っべー。

マジそうじゃん。わたしのスリーサイズ、悟浄君に知られちゃうじゃん。やだ、マジ八重ってやっぱり目の付けどころがシャープじゃない？

いや待て。待て待て落ち着け待て。

「まぁ、でも、ゆーて悟浄君だし、別に気にするようなことじゃないよ、うん」

一度咳払《せきばら》いをし、自分に言い聞かせるように言う。

すると、八重がはわっと小さな声を上げた。

「わ、私は、相手が烏丸さんだから気にしちゃう、っていうか、ちょっと恥ずかしいけど……」

きゅーっとスカートの端を握り込んで、八重は耳まで真《ま》っ赤《か》になっている。な、なんでそう言うこと言っちゃったの、この子……。わたしまで恥ずかしくなってきたよ！

ううっ……。

弱った。弱ったぞ……。思った以上にこれは恥ずかしいことのような気がしてきた……。

兄だよ！　兄！　リアル兄にスリーサイズ知られるとか、全然知らん他人に知られるよりもずっと恥ずかしい！　わたしも母《かあ》ちゃん気分で悟浄君のいかがわしい本のラインナップを見ては「あら〜♪　あらあらまぁまぁ、悟浄君ったらこういうのが好きなのね〜♪」などと余裕ぶった態度を見せることはできるだろうが、それを自分がやられる立場となると話は別だ。絶対絶対嫌だ。

不特定の顔も名前も知らない人たちになにを思われても、そこまで気にならないし、少ししか気にしないし、ちょっとしか嫌な気分にならないが、一緒に生活して、毎日顔を合わせる悟浄君にスリーサイズを知られるなんてだいぶ無理。

……でも、もう悟浄君呼んじゃったんだよな。

わたしと八重は互いに顔を見合わせると、「はわわ」とか「あわわ」とか言いながら右往左往することしかできなかった。

☆　☆　☆

千歳《ちとせ》から連絡が来るまでの間、喫煙所でボイスサンプル用の原稿《げんこう》を作っていた。といっても、俺《おれ》が用意するのは叩き台になるものまでだ。

うちの事務所の場合、新人のうちは役者本人に一から書かせたり、あるいはこちらで用意したものを自分なりに編集してくるように指示をする。そうした過程を踏《ふ》むことによって、自身の役者としての売りがどこなのか、考えさせることに繋《つな》がるのだ。

まぁ、そんな感じで、ボイサン一つとってもそれなりに考えて作られている。

スケジュール管理やギャラの折衝《せっしょう》等のマネジメントだけでなく、トータルで役者たちをサポート、プロデュースしていくのが俺たちの仕事だ。

結果、気づけば俺も妙に技能が増えてきている。件《くだん》の原稿作成の他《ほか》、収録機材《しゅうろくきざい》の扱いや音響編集《おんきょうへんしゅう》ソフトの簡単《かんたん》な取り扱いくらいはできるようになってしまった。おかげで、テープオーディションに出す音源くらいは俺一人で作ることができる。

うちの事務所のように人手が少ないとなんでもやらなければならない。得てして、こういうところを経て独立したり、転職したりするものなのだ。社畜は荏胡麻《えごま》のように絞れば絞るほど働くものだが、一方で絞りすぎると逃亡するリスクも出てくるので生かさず殺さずが基本である。適度な昇給昇進、大事！　適切な休暇、もっと大事！

いや、これがなかなかマジな話、結構重要なことなのだ。一般企業でも変わらないとは思うが、この手のお仕事はマニュアルでどうにかなる部分は案外少なく、ノウハウやコネクションは会社よりも個人に付随することが多い。この業界では実力あるマネージャーの独立や転職がもっとも恐ろしいことだともいえる。

お世話になったマネージャーを慕って、事務所を離《はな》れる役者だって中にはいる。一緒に個人事務所として立ち上げて、そこから二人三脚だんだん大きくしていこうなんてこともある。

もっとも、別に独立も転職も考えてない俺にとっては、今は関係のない話だ。

あくまでも、今は、だが。

先々のことはわからないし、過去には、既にその手の話を味わった。

あるいはあのとき、違う選択《せんたく》が許されていたなら、なにか変わっていたのだろうか。

ふと昔のことを思い出して、もう一本、煙草《タバコ》に火をつけた。

ひときわ大きく煙を吐く。すると、背中に声を掛けられた。

「ああ、やっぱこっちおった」

振り返ると、片倉《かたくら》さんがひらひらと手を振って喫煙所に入ってくる。

「片倉さん、おはようございます」

慌てて煙草を揉み消そうとすると、片倉さんはくすくす笑う。

「はい、おはようございます。台本、取りに来たついでに顔出そかなー思ただけやから。そのままでええよ」

片倉さんが俺の手元をちらと覗き込む。

「なに？　ボイサン？　誰のか作るの？」

「ええ。千歳たちのを」

「へぇ……。千歳ちゃん、今って、あんまり仕事ないん？」

「まぁ、そうですね……」

「なるほどなー。そんで作り直そうとしてるんか。うちらも仕事ないとき、ようやったなぁ。いや、うちは今も全然仕事ないねんけどな」

言って、片倉さんはくつくつ笑う。ははっ、笑えねぇ……。

「新人のうちは短期的な目標とわかりやすい成果物があった方がいいですから」

俺は引《ひ》き攣《つ》りそうな頬を無理に笑顔《えがお》にし、手にしていた紙束をとんと整《ととの》える。

「あー、そういうの大事やんな。まぁ、オーディションション受かるのが一番やけど、そう簡単に行かんもんなぁ」

腕組みをすると、片倉さんはうんうん頷《うなず》く。

片倉さんの言うように、オーディションというのはろくろく通らない。千歳にも、久我山にも、これまで何度かオーディションを受けさせているが、はっきりと役を勝ち取ったことは今まで一度もない。

さもありなん。

オーディションの倍率は半端じゃない。俺個人の経験上の数字だが、一つの役を百人以上が受けることもざらだ。それも、ある程度アフレコやイベントのスケジュールの見通しがついて、そのタイミングで空いている人間だけに絞ってもこの数。

ごくごく単純な確率で言えば、自分が受けた役を勝ち取れる可能性は小数点以下なのである。

加えて、一年間で二百タイトル前後のアニメ作品があるが、そのすべてでオーディションがあるわけでもない。最初からその役者ありき、つまりは指名で決まっていることも普通にある。

事務所があんまりにも小さかったり、やる気がなかったり、音響制作会社と仕事をしてきた実績《じっせき》がなければ、そもそもオーディションのお声が掛からないこともある。

したがって、オーディションは受からなくて当たり前、とも言えるのだ。

だが、年がら年中、受からないオーディションを受け続ければ、さすがに誰でもやさぐれてくるもの。特に新人のうちは目に見える成果というのが乏しい。無論、オーディションで勝ち取った役以外にも仕事を受けることはあるが、バイトの方が稼《かせ》げてしまうような仕事量では充実感もあまり味わえない。

さらに言えば、千歳も久我山も、番レギュやモブでの仕事に慣れてきた頃合いだ。

初めてエンドクレジットに名前が載ってわーきゃー喜んだり、はしゃいでいたあの頃の感動も薄《うす》れてきているだろう。

声優に限らず、すべての仕事に通じることだとは思うが、「慣れ」こそが一番怖い。現状を肯定してしまえば、諦《あきら》めと妥協にすぐ繋がってしまう。

だからこそ、今このタイミングで、彼女たちに声優としての意識を植え付け直す必要がある。

もっとも、こういうやり方はあまり一般的ではないかもしれない。大抵の場合、ボイサンや宣材写真なんかは一度作ったらそのままだ。節目の年齢《ねんれい》だとか特別な機会があれば別だが、通常はそう頻繁《ひんぱん》に作り替えるものではない。

ただ、俺にはこのやり方が性に合うのだ。

「……やっぱり育て方ゆうかノウハウって似るんかなぁ」

片倉さんはどこか遠い目をして、微笑み交じりに言った。その言葉には懐《なつ》かしむような響きが滲《にじ》んでいて、少し胸が痛んだ。

俺も片倉さんも似たようなやり方で育てられてきたからだろうか、やっぱりわかるのだろう。

帰らぬ日の思い出語りに代えて、俺が軽く肩を竦《すく》めると、片倉さんも同じようにして笑んだ。

「こういうやり方、悟浄君らしいね。……あ、ゴジョーさんやった」

片倉さんが慌てて口元を押さえる。

「別に変えなくてもいいですけどね」

「いや、変える変える。もう立派なマネージャーさんやもん」

　俺の肩をぱしぱし叩いて、からからと笑う。

「気に掛けてもろてるんやなぁ思たら、やる気も出るよ」

「どうですかね……」

　久我山はともかく、千歳がその気遣いを察するとはまるで思えない……。なんならあいつ、俺に不信感しか抱いてないからな……。

　しかし、そうも言っていられない事情がある。マネージャーの仕事の中には、プロデューサー的な役割も多分に含まれる。となれば、モチベーターとしても、働かなければならない。

　一番大事なのは、ちゃんとバックアップする気があると見せることだ。いや、実際ちゃんとバックアップしてるけどね？

　ただ、それを行動として見せて、彼女たち自身にそう感じてもらわなければならない。

　所属声優が事務所を去っていく理由の一つに事務所やマネージャーへの不信感が挙げられる。

　この事務所は自分を売り出す気がないいんじゃないか。子飼いばかり優先していて自分のことなど見ていないのではないか。自分のいいところを理解してくれていないのではないか。売っていくための方向性が食い違っているのではないか。営業に手を抜いているんじゃないのか。

　そういった不安は常について回る。

　実際、声優とマネージャー間のコミュニケーションが不足していれば、その手の問題は表面化しやすい。

　多くの場合、声優とマネージャーは仕事でしか顔を合わせない。

　プライベートでも仲が良いのは理想的なことだが、普通の企業に置き換えた場合、取引先の人間と公私ともに仲が良くてその良好な関係性が長期的に続く、というのはなかなか難しいだろう。

　あくまで、声優とマネージャーはビジネスパートナーだ。

　取引相手の一人である以上、どうしても、アフレコ現場等の仕事の場でのコミュニケーションが主となる。

となると、仕事が少ない新人のうちはなかなかマネージャーと顔を合わせる機会も少ない。そうした時期にコミュニケーションが足りないと、どうしても、不信感を抱きやすくなる。

だからこそ、今このタイミングで意識的に接する頻度と密度を濃《こ》くする必要がある。

今回、ボイスサンプルやプロフィールを刷新するのにはそうした意味合いも大きい。

いや、ほんとマネージャーって結構いろいろ考えて仕事しなきゃいけないから大変。

俺も頑張らないとなぁと気合いを入れ直す意味も込めて、手元の紙束に視線を落とす。すると、俺の顔を覗き込むように片倉さんが見上げてきた。

「若い子もええけど、お姉《ねえ》さんのことも忘れんといてよ」

むーっとちょっと不機嫌そうに頬を膨らませ、スーツの袖《そで》をくいくいと引っ張ってくる。

いや、ほんとマネージャーって人を相手にする仕事だから大変。特に女の子相手だといろいろ気を遣うし、加えて声優で、おまけに若手新人だったりすると、もう満貫《まんがん》だよね。いや、片倉さんが女の子と呼べる年齢かどうかは怪しいところだけれど。

などと、思ったことはおくびにも出さず、俺はいつものマネージャースマイルを浮かべる。

「もちろんです。来週テープ録《と》りますよ」

「ほんま？　受けてええの？　わー、なんや久しぶりやわ」

片倉さんがぱちぱちと手を叩いて、きらきらしたおめめで俺を見る。まぁ、こういう可愛らしい仕草や表情をされると、素直に、女の子だなぁと思わなくもない。

しかし、この感じだと、片倉さん、他のマネージャーの案件にはあまり声掛かってなさそうだな……。

声優事務所の多くは、声優個人にマネージャーがつくというよりは、案件・タイトル・音響制作会社ごとにマネージャーが異なる場合が多い。

したがって、オーディションを誰に受けさせるかもそのマネージャーの采配によるところが大きくなってくる。

なので、声優さんによっては、Aさんはよく仕事

GuNo.

を振ってくれるけど、Bさんはまるで仕事をくれない、なんてことも起きうるのだ。

事務所内の派閥争い、とまではいかないが、人間が寄り集まれば多少の行き違い、すれ違いが生まれるのは避《さ》けられないことではあるが、これが結構面《めん》倒《どう》くさい……。同じ事務所のマネージャー同士でスケジュールを奪い合うことも、ごく稀《まれ》によくある。

まぁ、実力があっても、他《ほか》に性格の相性とか仕事のやりやすさとか信頼度《しんらいど》とかで左右されちゃうもんだからね。そんなのどんな職場《しょくば》でもあるからね、仕方ないね。

「取り急ぎ、来週の火曜《かよう》か水曜、空いてるところで録りますんで、また連絡しますね」

「はいな。よっしゃ、がんばろ。今日会いに来といて良かったわぁ」

ほくほく笑顔で片倉さんは自分のスケジュール帳を取り出し、「AUD」と書き込み始める。ちらと覗いた予定にはバイトのシフトがきっちり書き込まれていた。

そのスケジュール帳をぱたんと勢いよく閉じる。

「頼《たよ》りにしてんで、ゴジョーさん」

言って、バッグを背負い直すと、片倉さんはばいばーいと手を振って去っていく。

それを見送ってから、吸いさしの煙草を灰皿に押し当てた。本当に、頑張らないとな……。

ちろちろと熾火《おきび》のように燃《も》える火種と頼りなく揺れる一筋の煙を見ていると、胸ポケットに入れてあったスマホがぶるっと震《ふる》えた。

見ると、千歳からの呼び出しだ。「終わったー」という愛想もなにもない一文に添えられているのは、可愛げのない死にそうな顔のオコジョのスタンプ。

ぼちぼち行くか、と喫煙所を出て二階に上がっていく。

千歳たちの待つ会議室について、二、三度、その扉を叩いた。

『どうぞ……』

すると、返ってきたのは妙に抑揚のない千歳の声だ。了承を得て、中へ入ると、千歳と久我山がいる。

いるのだが……。

なぜか二人とも、椅子《いす》にではなく、床に正座している。

「お、おう……。なにこれ、どうしたの……」

どうしたの、というよりは、どうかしちゃったの？　と聞いた方が正しかったかもしれない。

問うと、神妙な顔をした千歳がへへぇっと頭を下げる。それに倣《なら》って、横の久我山も慌てて、へへぇ！　っとやり出した。……なんだこいつら。

茫然《ぼうぜん》と眺めていると、平伏した千歳がなんか言い出した。

「あの、スリーサイズの件ですが、やはり載せないという方向性でいかがでしょうか……。今回に関しては見送るという方向で一つ……」

千歳が神妙な様子でつとつとと言い、先ほど書き終えたのであろう、プロフィール記入用紙をすすっと前に出してきた。ちらとスリーサイズの記入欄《らん》を見れば、ボールペンで真っ黒に塗りつぶしてある。

久我山に至っては、ばばっと後ろ手に隠してしまい、一文字たりとて見せようとせず、ひんひんと泣き出しそうな顔をしていた。

そんな顔を見ると、なんだかいじめている気分になってきてしまう。

「……まぁ、判断任せるって言ったし別に強制じゃないから書かなくてもいい。スリーサイズは載せてるとこも載せてないとこもあるしな」

なだめるように言うと、ようやく久我山の表情が和らいできた。久我山がほっと胸を撫で下ろすその横で、千歳がおずおずと挙手する。はい、千歳君。

「あの、でも、衣装があるときに必要云々《うんぬん》かんぬんの問題はどうなりますでしょうか」

「そのときは都度都度で構わないだろ。まぁ、ちゃんと衣装作るときは改めて採寸しないといけないだろうし」

「だってさ、八重、良かったね」

「うん！」

千歳が微笑みかけると、久我山もそれに応《こた》えて頷く。だが、すぐにその表情が暗くなった。

「でも、何度も測られるの、嫌だな……」

「別にいいじゃん、八重、どうせ増減するんだしさ」

けたけたと楽しげに千歳が笑う。

こういう女の子っぽい会話……というか、妹が女の子っぽい会話してるの聞くのって苦手だなぁ……。

などと思いつつ、我関せずで黙《だま》っていると、千歳にぽんぽん肩を叩かれていた久我山の視線が一瞬《いっしゅん》だけ鋭《するど》くなった。

「……ちーちゃんは変わらなそうでいいよね」

ぼそっと囁くキャンディボイス。声質それ自体は普段《ふだん》の久我山のものなのに、やたらに低く聞こえた。甘いウィスパーなのに、不思議とどこかに棘《とげ》がある。

おお、こいつ意外に芸達者なのかも……、と感心していると、その隣《となり》から綺麗《きれい》な舌打ちが聞こえてきた。

見れば、千歳がめっちゃ冷めた顔をしている。

「なに？　今胸の話した？」

いよーっぽんぽんぽん……と聞こえてきそうなくらいに空気が張りつめている。あー、怒ってるよ、これ。いや、兄の贔屓目《ひいきめ》かもしれないけど、千歳ちゃん、別に貧乳じゃないと思うよ、お兄《にい》ちゃん。

などと言える雰囲気ではない。それは久我山も察しているのか、慌てた様子で手をぶんぶん振って否定する。

「はわぁ！　してないよぉ！　スレンダーだな羨《うらや》ましいなって思っただけだよぉ！」

「ほーん……」

千歳がしらっとした目つきで見ている。その間も久我山ははわはわしていた。

千歳はそれを細めた目で睥睨《へいげい》していたが、すぐにふっと微笑みにも似た吐息を漏らす。

「まぁ、八重だもんね。黒い」

「く、黒くないよぉ！」

満足げに微笑む千歳を久我山がぽこぽこ猫パンチしていた。うんうん、仲が良くてよろしい。

「他に質問ないなら、そろそろスタジオ行くぞ」

言いながら、二人に手を差し出し、プロフィール記入用紙を提出するように促す。

「スタジオ、ですか？」

久我山がほえっと首を捻りながら用紙を差し出す。

「ああ。宣材写真撮《と》りに行く」

「え、それも変えるの？」

千歳からも同じく用紙を受け取り、それをまとめてクリアファイルに入れた。

「ああ。……いいタイミングだからな」

言うと、千歳はほーんと適当な返事をし、久我山は緊張気味の表情をしている。俺は一度小さく咳払いをして、二人に向き直った。

「今度のオーディションまでにできることは全部やっときたいんだ」

「は、はい」

という返事は久我山だけ。千歳はきょとんとした顔で目を丸くしていた。相変わらず、人の話聞いてるのかどうかよくわからん奴《やつ》だな……。こっち側《がわ》のやる気が伝わってくれるといいんだけど。

これまでのオーディションは、千歳たちに経験を積《つ》ませる、場数を踏ませることを主目的に置いていた。取れればラッキーくらいの感覚だったと言っていい。

だが、今度のオーディションは本気で役を取りに行く。

まぁ、本気になったと言ってみたところでそう簡単に役が取れるわけではまったくないが、勝率を上げていくためにできることはいくつかある。

そのために、今日時間を割いているのだ。

そう自分に言い聞かせながら、その成果物たるプロフィール記入用紙に視線をやった。

すると、そこにあるのは千歳の趣味一覧……。見た瞬間、ため息が出てきた。

「千歳」

「は、はいよ」

俺が名前を呼ぶと、千歳は普段よりもいくらか緊《きん》張《ちょう》した様子で返事をする。続く言葉を待つように、こくりと小さな喉《のど》を動かした。そのこわばった顔をじろりと睨《にら》みつけた。

「お前、これ再提出な」

「なんですと⁉」

当たり前だ、嘘ばっか書いてんじゃねぇか……。

☆　☆　☆

いいタイミング。だから、できることを全部やる。

そう言って、悟浄君は笑った。

写真スタジオまでの道すがら、わたしはその意味を考える。

たぶん、プロフィールとか宣材写真それ自体にあまり大きな意味はない。それで役が貰《もら》えるならそもそもオーディションなんて必要ない。面接でもしてろって話だ。

いくら声優が人気商売の側面が大きくなってきてるからって言っても、本質のところでわたしたちが役者である事実からは逃れようがない。

だから、悟浄君がプロフィールを作り直させた意味はちゃんと別にある。

……要するに、よく考えろということなんだろう。わたしが声優であり続けるためになにが必要であるかを。そのために、時間とコストを掛けてもらっている。

……するってぇとなにかい？　わたし、それなりに期待されてるんじゃないのかい？

悟浄君はいつも説明が足りないタイプの人だ。声優をやっていたくせに、肝心なところをちゃんと言わない。ついでに、時折中学生みたいなメンタルを発揮するから、あまのじゃくなことを言い出すときもある。

つまるところ、これは悟浄君なりの応援でありサポートなのだ。やだもう悟浄君のツンデレ！

普段わたしのことアホの子扱いする割りに、あれで結構わたしのこと気に掛けてるんだよなぁ……。

まぁ、その気遣いは妹のわたしじゃないと気づかないと思うけど……。

「ガハハ！　わたしが妹で良かったね！　悟浄君！」

前を歩く悟浄君の背中をばしばし叩くと、振り返った悟浄君がとても嫌そうな顔をしていた。

「なに言ってんのお前……。ていうか、その笑い方やめろ。気分が悪い、気分が」

さっきの熱い表情はどこへやら。苦虫嚙《か》んで飲み干したみたいな顔をし、吐き捨てるように言った。

やだもう悟浄君のツンデレ！

普段ならキレ返しているところだけど、そういう態度も期待の表れというか愛情の裏返しだと思えば、ちょっとご機嫌になってしまっているちょろいわたしです。もうね！　どんな暴言吐いても「愛情の裏返しだよ♡」って言っとけば許されるみたいな風《ふう》潮《ちょう》あるからね！　ねぇよ！

そうこうしているうちに事務所からちょっと歩いたところにある写真スタジオにやって来てしまった。

この代々木八幡《よよぎはちまん》の撮影《さつえい》スタジオはわたしと八重その他数名が最初に宣材写真を撮った場所だ。あのときはわけもわからず言われるがままに撮られていたが、今日のわたしは一味違う。なぜならナンバーワンプロデュース期待の新鋭《しんえい》として今日は来ているからね！

と、やる気充分でスタジオに乗り込んだのだが、そこには先客がいた。モデルさんらしき人がぱしゃぱしゃシャッターを切られるたびに、ちょっとかっこいいポーズを決めている。

「前がちょっと押してるみたいだな……、今のうちに準備しとけ」

そう言って、悟浄君は期待の新鋭たちをほっぽらかしてすったかすったかオフィスの方へ消えてしまう。

準備ってなんだろ……。メイク直しとかしときゃいいのかな……。となれば、あんまり気合い入れないナチュラルメイクを心がけなきゃ！

男子ってナチュラルメイク好きだもんね！　ナチュラルメイクが好きって言うか、むしろナチュラル状態でメイク済みクオリティの顔が好きだもんね！　ほんとナチュラルメイクが好きとかぬかす男は全員死ねばいいと思うな！

そう思いつつも、メイクを直さずにはいられない、愛されたい体質のわたし。

「ねぇ、八重。トイレどこかな？」

隣にいる八重に話しかける。が、八重からの返事はない。……なに？　無視シカトいじめ？　わたし、そういうの慣れてるよ？　などと、ちょっと一言言ってやろうかと、八重の方を見やると、八重はほけーっと口を開けて、なんかはわはわ言いながら、先客の方を見ていた。

「なに、どったの……」

そのはわはわした様子があまりに挙動不審だったので思わず聞いてしまう。すると、八重はわたしの袖を興奮気味にくいくい引っ張る。

「ちーちゃん、すごいよ。柴崎《しばさき》さんだよっ！」

「なに、あのモデルさん知り合い？」

「知り合い、じゃないけど……。ていうか、モデルさんじゃないよぅ！」

「へ？」

言われて、もう一度、その柴崎さんたらいうモデルさんの方を見やる。

フラッシュが焚《た》かれるたびに、長く艶《つや》やかな黒髪は煌《きら》めき、抜けるように白い肌が光り輝《かがや》いていた。ひらひらとしたロング丈のフレアスカートはポーズをとるごとに翻《ひるがえ》り、長くしなやかな脚を見せつける。肩口の覗くニットはゆったりとしているのに、腰がきゅっと絞られ、胸元を強調し、スタイルの良さを如実に語る。

極めつきは一瞬見せるアンニュイな表情。

どこか影と愁《うれ》いを感じさせる、整った顔立ちも含めて、モデルの類《たぐい》にしか思えない。

「……モデルじゃないの？」

「ま、前に言ったじゃん！　声優さんだよ！　いろはプロダクションの柴崎万葉《かずは》さん！」

「は？　声優？　マジ？　……覚えてないけど」

はしゃいだ様子の八重に言われて、再度まじまじと柴崎さんを見る。

が、柴崎さんは見れば見るほど声優さんには思えない。グラビアアイドルもどきとかアイドル崩れと言われても信じてしまう。あれと比べられたらわたしとかちんちくりんもいいところだぞ……。

ていうか、さっきからファッション誌張りにぱしゃぱしゃ撮られてるんですけど……。まぁ、最近は声優さんのグラビアも別に珍しくないもんなぁ。写真集出す人だっているし……。

それだけ露出《ろしゅつ》が増えたとはいえ、この撮影風景を見て、声優さんだとわかる八重はいったい何者なんだろうか。

「八重はほんと声優詳しいな。声優博士《はかせ》だな」

わたしが言うと、八重はぷーっと頬を膨らませた。

そして、ジト目でわたしを見る。

「なんかバカにされてる気がするよぅ……」

「そんなことないよ、感心してるよ。名前覚えてる

のとかすごいよ」

「やっぱりバカにされてる気がするよぅ……。アニメ観《み》てれば自然に覚えるよ？」

「いや、覚えないから……」

そう言うと、八重がふっと諦めたようなため息を吐いた。

「ちーちゃん、全然アニメ観ないからなぁ」

「観てる観てる。わたし、自分が出てるやつとかちゃんと観るし」

言うと、またしても八重がふっと諦めたようなため息を吐いた。

「ちーちゃん、全然アニメ観ないからなぁ」

なんで繰《く》り返《かえ》したんだこいつ……。確《たし》かに全然出てないから、結果的には全然観てないけど……。

まぁ、でも、声優の仕事はアニメだけじゃないからね。むしろ、アニメにこだわることは仕事の幅を狭めることにもつながりかねないんだよ、うん。

現に、柴崎さんはデルモみたいなことしてるわけで！　と、ちょっと憧《あこが》れの眼差しで、柴崎さんの撮影風景をほえーっと眺めていた。わたしもそのうちああなるかもしれないし、これも勉強勉強。

実際、柴崎さんの撮られっぷりたるや、なかなか堂に入っている。

レンズを向けられても臆《おく》することなく、クールそのもの。意志の強そうな瞳《ひとみ》はきっと細められ、鋭い眼光でカメラを睨んでいる。……睨んでいる？

「最後、笑顔のパターンも貰っていいですかー？」

カメラマンに言われると、柴崎さんは短いため息を吐いたように見えた。そして、やや表情を和らげて、控えめな笑顔を作る。

「はい、いただきましたー。ありがとうございます！」

オッケーが出ると、柴崎さんは「ありがとうございます」と礼をして、足早にそこを離れてしまう。

長いこと撮影して疲れているのだろうか、柴崎さんの表情は暗く、口元は固く引き結ばれていた。

あの控えめな笑顔が可愛らしかっただけに、今の愁いを秘めた面差しが気に掛かる。

遠目に見る柴崎さんの横顔は綺麗で、その分だけ、儚《はかな》く思えた。だから、つい八重に聞いてしまう。

「……ねぇ、八重。柴崎さんってどんな人？」

するると、八重は柴崎さんから視線を外してわたしに振り返る。その表情は喜色満面だ。

「柴崎さんはすっごい素敵《すてき》なお芝居する人だよ！　クールな役も明るい役もなんでもできるし、役幅も広いんだけどね、ナチュラル系な芝居の距離感《きょりかん》がすごい気持ちいいの！　今のクールは三本ヒロインやってるんだけど、最近はクールな感じの役が多いかな？　でもでも、ふとしたリアクションとか息芝居のときがすごい可愛くて、とにかく、なんかもう可愛いんだよ！　それに見てわかる通り綺麗！」

「お、おう……」

怒濤《どとう》の勢いでしゃべる八重に圧倒されてしまい、わたしはそれ以上なにも言えなかった。声優博士、怖いよ……。どんな声優さんかじゃなくて、どんな人かを知りたかったんだけどな……。

けれど、聞いたところでピンとは来なかっただろう。結局、声優というフィルターを通してしまう以上、テレビやレンズを介しても、柴崎万葉個人のことはずっとわからないままなのだ。

そして、それはたぶん、声優烏丸千歳にも同じことが言えてしまうわけで。

「悪い、待たせた。すぐに撮影入るぞ」

ぼーっと柴崎さんを眺めていると、戻ってきた悟浄君に声を掛けられる。

「あ、うん」

考えるのを打ち切って、軽く返事をすると、わたしと八重は白バックのロールスクリーンの前へと歩み出した。

☆　☆　☆

声優……。それは君が見た光……。

などと、言い出さんばかりに、わたしの瞼《まぶた》に白い光が焼きついた。

ぱしゃりぱしゃりと、しきりにシャッターを切る音が響く。そのたびに、さかんにフラッシュが焚かれて、白バックのスクリーンは光を照り返し、わたしの肌にきらめきを宿す。

シャッターの音は不思議と心地《ここち》が良く、ワンショットごとに勝手に体がポージングしていた。この音が何度でもわたしを蘇《よみがえ》らせる……。

「千歳……普通でいい。普通にしてろ」

フラッシュの雨とシャッターの喝采にふるふると体を震わせていると、悟浄君のため息交じりの声がする。

仕方なくいたって普通のポーズ、ありきたりな笑顔を作って、ラストショットを撮ると、わたしの撮影は終わり。

わたしはカメラの前から離れると、奥にあるパソコンの方へ向かう。その画面には今さっき撮った写真のデータが通し番号を振られて、一覧《いちらん》でぱーっと表示されていた。

リアルタイムで写真を確認できるなんて便利な時代になったもんよのう。などと、おばあちゃん気分でそれを眺める。

どれも、声優、烏丸千歳の写真だ。

めかしこんで、ポーズを決めて、光を当てて、角度を変えて。ついでにフォトショで修正すればそれはもう立派に声優さんの写真となる。

そのことがなんだか不思議だった。わたしは普段のわたしと変わらないつもりなのに、フィルターを通すと、もう声優なんだ。

妙な感慨にふけっていると、撮影は八重の番になっている。

「次、久我山さん」

「は、はい!」

悟浄君に呼ばれた八重が、かっちこちに固まりながらカメラの前に歩み出た。

「……じゃ、じゃあ、行きますね? もうちょっとリラックスして笑顔で……、ね?」

「は、はい! すいません!」

カメラマンさんに言われて、八重が無理矢理に笑顔を作る。照明に照らし出されたその表情は自白を迫られた殺人犯のように引き攣っていた。

ダメだこりゃ……。そういえば、この子、結構な緊張しいだったな……。

「すいません、もう一枚だけいいですか?」

固まっている八重を見かねて、つい口をはさんでしまった。

「いや、お前のはもう充分だろ……。どんだけ自分のこと好きなんだよ……」

悟浄君が呆れ半分恐れ半分に言う。

「じゃなくて、まぁ、記念に八重と撮ろうかなって思って」

「記念て……。あのね、ここゲーセンじゃないのよ?」

「そんくらい気楽に撮った方がいいでしょ」

小言を聞き流してさらりと言うと、悟浄君が顎に手をやり、ふむと考える。

「……一枚だけな」

悟浄君もわたしの言わんとすることがわかったらしい。渋々ながらも頷くと、カメラマンさんに申し訳なさそうに頭を下げた。

「すいません、気分転換に一枚お願《ねが》いできますか?」

「ええ、どうぞ」

カメラマンさんが笑顔で応え、わたしを手招く。

それにお礼を言ってわたしは八重の隣に並んだ。

「八重、ほら、早く! ポーズ!」

「あ、う、うん!」

はっと再起動した八重をわたしはえいやっと抱《だ》き締《し》める。すると、腕の中で、八重の体のこわばりが解けていくのがわかった。

八重の手がこわごわとわたしを抱き締め返してくる。ちらと顔を見ると、そこにはいつものちょっとはわっと慌てたような、ほわぽわした笑顔がある。

これがいつもの八重の顔。

それじゃあ、わたしの顔は、どうだろう?

「それでは、いきまーす」

声を掛けられて、わたしはカメラに向き直る。

レンズを通して、フィルムを伝って、それでもわたしがわかるといい。

だから、持っていたいと思った。

通し番号は振られない写真と、プロフィールにはないわたしを。

これからずっと声優として演じ続けるわたしが、素のわたしを忘れないでいるために。

[#4 ナチュラル千歳と飾らない写真・了]

\つづく!/

ガーリッシュナンバー

gi(a)rlish number

巻《かん》末《まつ》特《とく》典《てん》◉おかしな業《ぎょう》界《かい》用《よう》語《ご》集《しゅう》

gi(a)rlish number
funny glossary

アフレコ【あふれこ】

アフター・レコーディングの略。ざっくり言うとアニメの音声収録のことでだいたい合ってる。用例：「こないだのアフレコ、原作者気持ち悪かったね」

キープ【きーぷ】

キャストのスケジュールを仮で押さえること。人気声優ともなると、同日同時間に第四キープ、第五キープくらいまでキープされ、ほとんどキープできていないスケジュール確保もざら。用例：「えー、〇〇ちゃん、そんな忙しいのー？　うーん……とりあえずキープで！」類語：「とりあえず生！」

香盤表【こうばんひょう】

その収録に来る人の役名、名前、所属事務所名、セリフ数、出演するカットナンバー等が記載された一覧表。スタッフたちには事前に渡されるが、スタジオに張り出されることもある。香盤表を眺めて幸せそうな顔をしていたらだいたい原作者であることが多い。

コンテ撮【こんてさつ】

アフレコ時、声を当てるために使われる映像素材。本来、彩色し完成した状態の映像で収録するのが望ましいとされるが、スケジュール上、それが困難な場合、アフレコを優先するために、その前段階の素材で映像が作られる。こうした手法、素材を線撮と呼び、素材の段階によって、動撮、原撮、レイアウト撮、コンテ撮とあるが、コンテ撮はかなりラフな状態であり、結構逼迫している感がやばい。用例：「あの現場、アフレコで色ついてるってマジ？　うち、コンテ撮しか見たことないんだが？」

スケジュール【すけじゅーる】
キャスティングを決める上で残酷なまでに権力を発揮する存在。あるいは、仕事を断るときの言い訳としても使われる。また、諦めるときにも多用される。用例：「あー、そのタイトル？　いやちょっとスケジュールがね？　そのね？」「……え？　修正ですか？　いやぁ、スケジュール的にちょっと……。今回はこれで行かせてください」

政治案件【せいじあんけん】
大人の事情で決まってしまういろいろな案件。キャスティングばかりを指すわけではなく、企画そのものに対しても使われることがある。用例：「あそこのレーベルのアレ、売れてないのにアニメ化するんだ。まぁ、あそこも苦しいからなぁ。まぁ、普通に政治案件っしょ」

プロデューサー【ぷろでゅーさー】
アニメ製作・制作において、あらゆるところから一生文句を言われ、ともすれば責任を取る羽目になる役職の人。製作・制作現場のトップとも言える。なお、アソシエイトプロデューサー、アシスタントプロデューサー、エグゼクティブプロデューサー、プロデュース協力等、いろんな関わり合い方のプロデューサーがいるため、いまいちなにをしている人かわからないことが多い。用例：「ふーん、アンタが私のプロデューサー？」

ボールド【ぼーるど】
セリフ、音が入るタイミングを示すテロップのようなもの。線撮ではどのキャラが話しているか等がわかりづらいため、セリフやSEの長さに合わせて表示される。驚くほど白い画面でもこれがあれば安心。

あとがき

おはようございます、渡航です。

いつでもどこでも挨拶はおはようございます……。

なぜいわゆる〝業界〟の挨拶は常におはようございますなのか。それは業界の誰しもが寝ていないか、あるいは寝起きだからなのではないでしょうか。もはや寝てない自慢をする必要がないくらい、だいたいみんな寝てない。なので、お仕事で会う人たちに対して「頼む！　ちゃんと寝ていてくれ！」という祈り、あるいは願望、期待を込めた挨拶が「おはようございます」なのだと思います。もしくは、夜や休みという概念を捨て、常に朝イチの気分で働くために、お互いを鼓舞する挨拶なのかもしれません。いや、それは頭おかしいな。

私自身、妙にブラックなエンターテイメント業界に身を置いて、七年ほど経ち、おはようからおはようまで仕事をすることにこれといった疑問を抱くこともなかったわけですが、よくよく考えてみれば結構頭おかしいことが多々ございます。

なぜ〆切があるのかとか、なぜ〆切に間に合わせる必要があるのかとか、なぜ〆切を破っても間に合うという事態が起こりえるのかとか……、この業界はおかしなことばかりです。

そのおかしい業界の一端、一幕を書いてみたい……、告発して切々と訴えたい……、この惨状を知ってもらって、できることなら助けてほしい……。そんな想いがこの『ガーリッシュ ナンバー』を書き始めたきっかけでしたが、実際に書いてみると、この業界の明るく楽しく綺麗で可愛い素敵な部分ばかりを書いていました。やっぱり人間、嘘は書けないものです。

そんな感じで、虚実フィクションノンフィクション、いろいろ折々取り混ぜて『ガーリッシュ ナンバー』はいつも可愛く頑張る女の子たちや辛くても逃げ出すことのできない哀しい大人たちを応援していく、ガールズお仕事青春物語になっていけばいいなと思います。

以下謝辞。

QP:flapper様。キャラクター原案、表紙イラスト等々いつもお世話になっております。何書いても許されるくらい可愛いデザインでお願いしますとかうちょっと頭のおかしい発注にお応えいただいて本当に感謝しております。飲みの席での雑談から始まったこの企画が成立しているのはお二方のおかげでございます。ありがとうございます。まだまだお付き合いください。よろしくお願い致します。

やむ茶様。G'sマガジンでの連載時から大変ご迷惑をお掛けしております。ともすると、地味になりがちなこのお話をとても可愛い挿絵で盛り上げていただいております。毎度毎度一枚絵にしづらい話ばかりで申し訳ありません。連載が成立しているのもひとえにやむ茶様のイラストがあってこそでございます。ありがとうございます。何卒引き続きよろしくお願い致します。

担当編集高島様・中田様。いつもご迷惑をお掛けしておりまして申し訳ございません。「これは余裕ですわ！　ガハハ！」と言った翌週には悪びれもせず「これ無理ですわ！　ガハハ！」などと言い出すラノベ作家にお付き合いいただくのは大変なストレスかと存じますが、何卒よろしくお願い致します。なぁに、次は余裕ですわ！　ガハハ！

読者の皆様。いつも応援ありがとうございます。この業界について知っていることや知らないこと、それとなく皆様の興味がある部分にそっと触れて、楽しくて面白い一幕をお見せできればと思っております。G'sマガジンでの連載やコミック版、そして、これから始まるTVアニメとまるっと合わせて、この『ガーリッシュ ナンバー』というタイトルを皆様と楽しめれば幸いです。

それでは次は『ガーリッシュ ナンバー』2巻でお会いしましょう！

渡航

小説 ガーリッシュナンバー1

gi(a)rlish number
Story by Wataru Watari
Based on Character Design &
Color Illustration by QP:flapper
White & Black Illustration by Yamcha

2016年7月27日 初版発行

著●渡 航
キャラクター原案・カラーイラスト●QP:flapper
モノクロイラスト●やむ茶
デザイン●BALCOLONY.
発行者●塚田正晃
発行●株式会社KADOKAWA
〒102-8177 東京都千代田区富士見2-13-3
プロデュース●アスキー・メディアワークス
〒102-8584 東京都千代田区富士見1-8-19
電話 03-5216-8385(編集)
電話 03-3238-1854(営業)
印刷・製本●共同印刷株式会社

［初出］電撃G's magazine 2016年3月号～2016年6月号（KADOKAWA刊）

小社ホームページ http://www.kadokawa.co.jp/

ISBN 978-4-04-892236-4 C0076

Printed in Japan